作者
765334．藍色水銀．宛若花開．汶莎

愛情學分

LOVE CREDIT
LOVE CREDIT
LOVE CREDIT
LOVE CREDIT

LOVE CREDIT
LOVE CREDIT
LOVE CREDIT
LOVE CREDIT

關於那些修習過的愛情學分。

國家圖書館出版品預行編目（CIP）資料

愛情學分 / 765334, 藍色水銀，宛若花開，汶莎著. -- 初版 . -- 高雄市：藍海文化事業股份有限公司， 2022.08
面； 公分
ISBN 978-986-06041-9-1（平裝）

863.57 111011305

愛情學分

初版一刷 · 2022年8月

作者	765334、藍色水銀、宛若花開、汶莎
出品公司	傑拉德有限公司
編輯公司	非常漫活有限公司
發行人	楊宏文
總編輯	蔡國彬
責任編輯	張如芷
封面設計	曹淨雯
出版	藍海文化事業股份有限公司
地址	802019 高雄市苓雅區五福一路 57 號 2 樓之 2
電話	07-2265267 ｜傳真 07-2264697
網址	www.liwen.com.tw
電子信箱	liwen@liwen.com.tw
劃撥帳號	41423894
臺北分公司	100003 臺北市中正區重慶南路一段 57 號 10 樓之 12
電話	02-29222396 ｜傳真 02-29220464
法律顧問	林廷隆律師
電話	02-29658212

ISBN 978-986-06041-9-1（平裝）

藍海文化事業股份有限公司
Blue Ocean Educational Service INC.

定價：250 元

愛情學分

765334

閨密是戀人

／藍色水銀／

我可以抱抱你嗎？

／宛若花開／

染愛繪夢

／汶莎／

愛情學分

／765334／

第一章　報到

七月的台北，早晨八點半。

室外溫度，已經來到三十度。

陽光的照射，更加深皮膚的熱度。

「歡迎各位新進同仁。」人事長才剛說完，掌聲立刻響起。

突然間「碰！」的一聲穿插在鼓掌之中，大家紛紛往聲音源頭看去。

就在座位的最後一排，一個女性新進同仁，暈倒在地板上。

大夥見狀，全都慌了手腳。

「靈蘭！靈蘭！醒醒！」

「需要叫救護車嗎？」

「快點打電話給醫護室叫人過來！」

靈蘭一動也不動的黏在地板上，臉色蒼白。

剛從美國開完會的伍尚浩，一臉嚴肅的進到辦公室。

四個同仁馬上就跟上他緊湊的腳步。

走在前頭的伍尚浩，邊走邊交待公事，他說話的速度之快，有如狂風席捲一般。

正說到重要之處，伍尚浩眉頭一皺：「什麼事這麼吵？」

站在最角落的同事，立刻往吵鬧的聲音來源看去。

伍尚浩順著他的眼光，將視線帶到了大會議室裡。

靈蘭虛弱的攤坐在地上，一旁的同事小心翼翼的將她給扶起。

「謝，謝謝。」用盡全身的力氣，靈蘭終於坐回了椅子上。

周圍的同事，無不關心著她的情況。

慢慢的喝完手中的溫開水，靈蘭輕輕的說：「沒事，我沒事了。」

瞭解完詳情的伍尚浩，再次啟動快速的步伐：「fire 掉她。」

總是語不驚人死不休的伍尚浩，又說出了，如此驚人的發言。

「可是總裁……」

「我說 fire 掉她就 fire 掉她。」語畢，伍尚浩俐落的坐到總裁辦公桌前，開始批閱桌上的公文。

「什，什麼！」好不容易才恢復力氣的靈蘭，用盡全身的力量，終於說出這兩個字。

「靈小姐，非常抱歉，但這是總裁的意思。」人事長充滿歉意的看著靈蘭。

靈蘭的眉頭緊鎖，覺得不可思議。

眼看靈蘭沒有回應，人事長繼續說：「靈小姐，麻煩妳今天就離開。」說完，人事長已經幫靈蘭開了門。

閉上雙眼，靈蘭深深的吸了一口氣：「我不走。」

面對靈蘭的堅持，人事長也不甘示弱：「靈小姐，我們並不想將事情鬧大。」

「好阿！就鬧大阿！我就希望這件事鬧的越大越好！財大氣粗就可以這樣欺負人嗎？」語畢，靈蘭緩緩地向人事長靠近。

這時，門口傳來了聲音：「我叫妳走，就給我滾。」

靈蘭與人事長一起看向了門口。

是伍尚浩。

伍尚浩快步的走向前。

猶如一陣風般地越過靈蘭，那刺鼻的香水味，掃過靈蘭的面前。

伍尚浩將公文甩在人事長的桌上，接著，轉身離開。

就在他踏出門口之前，靈蘭開口：「你就是總裁？」

伍尚浩停下腳步，但並未回頭。

「你憑什麼開除我？」

「憑我是總裁。」伍尚浩用背影回答靈蘭的問題。

下一秒，靈蘭迅速的走到伍尚浩面前：「總裁就很了不起嗎？就可以這樣瞧不起人嗎？」

靈蘭眼裡的清澈，看進了伍尚浩的心底。

即便帶著怒氣，她雙眼的真誠，乾淨無波。

「像你這樣的爛人開的公司，應該也開不了太久。」說完，靈蘭越過伍尚浩，準備離開。

靈蘭的髮香，是那麼樣的清新。

這是，伍尚浩第一次有這樣的感受。

「等等。」伍尚浩拉住了靈蘭。

第二章　開除

放開靈蘭之後，伍尚浩轉頭對人事長說：「她，轉調當我的秘書。」

「秘……」人事長才說一個字，靈蘭馬上打斷：「我不要。」

「東西收拾一下，搬過來。」說完，伍尚浩就要離開。

下一秒，靈蘭在伍尚浩背後，抓住了他的手臂。

人事長見狀，立刻開口：「是的，總裁，馬上辦。」

「我說我不要。」靈蘭的雙眼，緊盯著伍尚浩西裝筆挺的背。

伍尚浩一回頭，正好就對上她的視線，他緩緩地向她的雙眼靠近：「收拾一下行李，明天跟我去日本開會。」

這個要求，讓靈蘭的雙眼從憤怒，轉換成了雀躍與期待。

「靈蘭，妳跟我來。」人事長說話的同時，靈蘭才發現，自己不知道什麼時候已經鬆開了手，伍尚浩也已經消失在她面前。

安頓好辦公室，人事長丟了一本厚厚的手冊到靈蘭桌上：「跟總裁出差，注意事項都寫在裡面了。」

看著那一本手冊，靈蘭還沒翻開，就已經開始皺眉：「這，這未免也，也太誇張了吧！」

人事長聳了聳肩：「跟總裁出差是場硬仗，但是會學到很多東西，也可以打開妳自己的人脈，妳，妳加油。」說完，人事長的聲音跟人一起離去。

靈蘭熬夜奮戰了一整晚，終於研讀完那一本手冊。

裡頭詳細記載了每一個日本廠商的姓名及照片，甚至於還有喜好跟興趣，以及他們曾經購買過的商品。

要在一個晚上背完這些資料，根本難如登天。

但是，靈蘭卯足全力，努力的背。

越是別人覺得她做不到的事情，她越是想要做好。

三天兩夜的日本出差，靈蘭每天都睡不到三個小時。

不論是體力或心力，都已經達到極限。

幸好，這次日本行談成了一筆大生意，每個人都眉開眼笑的回國。

回到國內，靈蘭不是馬上回家，而是趕到辦公室，準備明天一早的會議資料。

伍尚浩看見她辦公室的燈亮著，他在離開之前，走到她辦公室門口：「明天開始，妳不用來了。」

靈蘭一抬頭，滿臉的震驚。

她立刻追上他的腳步，站到他面前，阻擋他的去路：「你什麼意思？」

「妳，聽不懂人話？」

靈蘭一步步的向他逼近，這樣的舉動，反而讓伍尚浩不知所措。

最後，靈蘭停下腳步：「總裁，請問我哪裡做錯？」

看著眼前不服輸的靈蘭，伍尚浩緊盯著她：「會議資料裝訂的不整齊」

「什麼？」靈蘭睜大了雙眼，不敢相信自己所聽見的。

伍尚浩對著她，點了點頭。

「就因為沒有裝訂整齊，所以你要開除我？」靈蘭想確定，自己是否有會錯意。

「對。」伍尚浩的回應，冰冷無情。

「這，這太誇張了吧？這樣就開除我？那我的努力算什麼阿？」

接著，靈蘭開始細數自己在日本時，稱職的做好日文及英文翻譯的事蹟。

她越說越激動，說話的速度開始快了起來：「難道我做的這些都……」

伍尚浩打斷她：「妳就算拯救了整個地球，也無法抹滅那個致命的失誤。」

靈蘭終於被按下了靜音。

「跟什麼人打交道，就應該要知道，他們最在意的是什麼，最不能忍受的是什麼，第一印象，懂了嗎？」

靈蘭嚥下因為緊張而不斷分泌的口水。

原來，她以為不重要的事情，卻關係著幾千萬的生意，是否能談成。

而這就是，大家殺紅了眼的真實商場。

第三章　消失

坐在電腦前，靈蘭腦袋一片空白。

個性不服輸的她，學生時期非常努力唸書，是人人景仰的學霸，也是校園的風雲人物。

她一直以來都相信，只要努力，就能得到好的成果。

以至於這是她第一次，感受到這樣的挫敗。

為了彌補這個錯誤，靈蘭想辦法說服伍尚浩讓她留下。

她告訴自己，即便是要離開，也要風光的走。

靈蘭放下身段，低聲下氣的請伍尚浩再給她一次機會。

「機會?」伍尚浩聲音的冰冷，讓靈蘭緊張到無法呼吸。

接著，伍尚浩彎下腰，對上靈蘭的眼神，靈蘭馬上就挪開視線。

這樣的近距離接觸，讓沒有戀愛經驗的靈蘭，心跳瘋狂加速。

空氣似乎，就凝結在他們兩個之間。

這樣的窒息感，讓靈蘭好想拔腿就跑。

下一秒，伍尚浩輕柔的說：「妳知道，機會這種東西，是自己創造出來的嗎?」

「蛤?」靈蘭終於抬頭。

她水汪汪的大眼睛，正看著伍尚浩。

時間，再次凍結。

靈蘭清楚的聽見，自己的心跳聲非常強烈。

伍尚浩看著她雙眼裡散發出來的單純，捨不得移開視線。

看著靈蘭僵硬到動彈不得，伍尚浩再次往她的臉頰靠近，越過她的雙唇，他來到她的耳邊：「好，我就再給妳一次機會。」說完，伍尚浩轉身就離開。

這時，靈蘭大大的吐了一口氣，就在即將缺氧之際，她救回了自己。

想到剛才發生的一切，靈蘭還是感到頭皮發麻，渾身不舒服。

「好了！靈蘭！振作一點！」靈蘭拍拍自己的臉頰，跟自己打氣。

很快地，她又恢復元氣，繼續趕工明天一早的會議資料。

「靈蘭！靈蘭！醒醒！」同事的呼喊聲，讓靈蘭微微的張開雙眼。

太陽透過了玻璃窗，直接照射到靈蘭的眼睛。

她立刻閉上雙眼，換個方向，再把雙眼睜開。

「妳昨天沒有回家嗎？」同事的詢問，讓靈蘭稍微的回到現實。

這時，她終於想起，昨天挑燈夜戰那複雜的會議資料，最後累到直接倒頭就睡。

揉一揉眼睛，靈蘭伸了個大懶腰之後，就到洗手間去盥洗。

再次回到自己的座位，靈蘭準備列印會議資料。

當她打開電腦螢幕上的資料夾，卻發現資料夾裡頭，空空如也。

靈蘭用力的揉揉自己的眼睛，再看一次。

還是空白一片。

不論再開幾個資料夾來看，結果都是一樣。

她徹夜努力的心血。

完全消失。

一陣冰冷的恐懼與恐慌，從靈蘭的頭頂，直竄腳底。

伍尚浩腳步匆忙的來到大會議室，等他就定位之後，發現桌上沒有開會的資料：「東西呢？」

才剛說完，靈蘭匆忙的打開會議室的門，慌張的將會議資料分發下去。

「這是什麼東西！」伍尚浩的斥責聲，迴盪在會議室裡。

靈蘭一轉頭，看見伍尚浩把會議資料丟在地上。

他眉頭緊皺，怒氣騰騰的看著靈蘭。

靈蘭慢慢地，將會議資料撿起：「我……」靈蘭正想要解釋，卻又被伍尚浩打斷：「算了！」

接著，伍尚浩開始指揮會議的進行。

在氣氛極度緊繃之下，這場難熬的會議，終於結束。

就在大家收拾東西準備離開之際，伍尚浩突然開口：「這樣的資料妳也敢拿出來？」

語畢，伍尚浩一抬頭，就與眼眶泛淚的靈蘭，對看著。

第四章　喝醉

伍尚浩的食指，在桌上，上下敲打著。

看向靈蘭空蕩蕩的座位，伍尚浩想說點什麼，卻又不知道該怎麼說。

接著，伍尚浩輕彈一下手指：「那個誰，她下班了？」

話音一落，伍尚浩的另一位秘書小凱，立刻來到他的辦公室門口：「報告總裁，是的，靈蘭下班了。」

伍尚浩點點頭：「今天行程？」

「報告總裁，今天晚上是您兄弟的生日派對。」伍尚浩一起身，小凱馬上一個箭步上前，為伍尚浩遞上西裝外套。

伍尚浩前腳才踏出辦公室，小凱立刻聯絡司機。

每一個小細節，小凱都處理的非常妥貼。

震耳欲聾的音樂聲，淹沒了靈蘭的哭泣。

閃爍不停的燈光，讓人看不清靈蘭的樣貌。

「我真的有準備！我真的有準備！」這兩個小時，靈蘭不停地重復這句話。

朋友不論怎麼安慰跟勸說，都無法安撫靈蘭的情緒。

「你們知道！他看我的眼神嗎！」

「好了好了！靈蘭！妳不要再鑽牛角尖了。」

「我沒有！我沒有鑽牛角尖！他！他竟然在大家面前羞辱我！」說完，靈蘭眼淚鼻涕俱下，豪邁的一口飲畢眼前的龍舌蘭。

「好好好，不說了不說了，跳舞！我們去跳舞！」靈蘭的朋友拉著喝醉的她，往舞池前進。

周五晚上的夜店。

熱鬧非凡。

「哎唷！我的好兄弟伍先生來了！」伍尚浩在眾人的歡呼聲中，坐到包廂的中央。

其實，他並不喜歡這樣的場合。

但是，從小穿一條褲子長大的好朋友生日，不得不到。

「欸，浩浩，前幾天我參加一個晚宴遇到你媽，她問我你的近況，你有空就打個電話給她吧。」

伍尚浩笑而不答。

「好，那我們不要打電話，傳訊息，傳個訊息或貼圖也好。」

伍尚浩笑得更開了，但依舊，沒有回話。

「欸，不是，我說兄弟，都是一家人，當初他們再怎麼樣阻止，你看看你現在，全球百大企業的總裁耶！總不會這樣還不認同你吧！」

伍尚浩晃動著手裡的酒杯，看向遠方。

「可是浩浩阿，我還是得勸你一句，天下父母心嘛，栽培你去美國念完醫學院，回台灣你卻搞起科技業，他們當然一時無法接受嘛！」

不想再繼續聽朋友說教的伍尚浩，以洗手間為藉口，起身離座。

喝到爛醉的靈蘭，狂吐一場之後，攤坐在女生廁所前：「他憑什麼那樣說我？總裁？總裁就了不起阿！」

這個熟悉的聲音，傳到了伍尚浩的耳裡。

剛從男生廁所走出來的伍尚浩，開始尋找聲音的來源。

很快的，他一眼就看到狼狽不堪的靈蘭。

伍尚浩看著靈蘭的兩個朋友，一左一右的想將她攙扶起來。

這時，在旁邊觀察已久的三個陌生男子，開始靠近靈蘭她們：「需要幫忙嗎？」

就在這三名陌生男子即將扶起靈蘭之際，伍尚浩突然現身，一把就將靈蘭給抱起。

靈蘭的朋友一時慌了陣腳：「先，先生！你……」

「我是她男朋友。」

這時，靈蘭微微的張開雙眼：「你，是你？你怎麼……」說到這裡，靈蘭又醉倒過去。

接著，伍尚浩抱著她，穿越重重人潮，離開這一切的吵雜。

第五章 性騷擾

靈蘭輕輕地張開雙眼。

一張眼，她發現自己頭痛欲裂。

奮力撐起自己的身體，好不容易，她終於坐了起來。

腦袋稍微恢復清醒之後，她先是摸了摸蓋在身上的床單，再觸摸著床罩。

她似乎，在確認些什麼。

下一秒，她在手忙腳亂中，慌張的逃下床。

「醒了？」靈蘭的雙腳才踩到地面，就聽見這個問候。

伍尚浩不知道在什麼時候，已經站在門口，看著靈蘭。

靈蘭恐懼又不知所措的汗珠，滑過了她的太陽穴。

背部的冷汗，劃過了她的脊髓骨。

「我……」才說了一個字，靈蘭又發現自己，身穿一件男性的上衣。

這件衣服的寬鬆，將靈蘭的好身材都給蓋了起來。

很快地，靈蘭的雙頰漲紅，雙眼也跟著越張越大。

她的身體，因為恐懼而顫抖。

「妳……」

靈蘭隨手抓起一個枕頭，直接就往伍尚浩的臉上招呼下去。

「等……」不給伍尚浩說話的機會，第二個枕頭，馬上又飛越過去。

「你這個變態！」靈蘭氣急敗壞的吼了出來。

看著她通紅的大眼睛，伍尚浩笑著說：「變態？」

「對！你這個變態！趁人之危！不要臉！」靈蘭邊罵邊撿拾自己躺在地板上的衣服。

「我變態？」

「出去！你給我出去！出去！」靈蘭終於撿完自己的衣服，打算換上。

她用力的推著伍尚浩，打算將他推出門口。

慌亂的推擠之中，伍尚浩突然摟住她的腰，將她給鎮壓住：「這位小姐，請妳搞清楚，這裡是我家。」

靈蘭清楚的感覺到，伍尚浩大大的手掌，貼在她的後腰上。

「妳……」

「啪！」靈蘭的右手掌，重重的打在伍尚浩的左臉頰上。

放開靈蘭，伍尚浩驚奇的看著她，笑了出來。

清透的淚水，從靈蘭的雙眼，輕巧的滑落。

「我要回家。」靈蘭聲音中顫抖的哽咽，令伍尚浩感到心疼。

整整一個禮拜，靈蘭沒有跟伍尚浩開口說過一句話。

就連伍尚浩問她事情，靈蘭也只是用點頭與搖頭來回答。

這樣的情境，讓辦公室謠言四起。

關於他們兩個人之間的關係，更加的令外人看不清。

「妳要跟我冷戰到什麼時候？」空蕩蕩的辦公室，靈蘭收拾包包到一半，突然中止了動作。

不回應伍尚浩，靈蘭繼續收拾東西。

越過站在門口的伍尚浩，靈蘭直接離開。

「妳就做到今天，明天開始，不用來了。」

「好。」

這一刻，伍尚浩才知道，靈蘭是在等他開口辭退她。

「恭喜我自己！人生第一份工作就被辭退！哈哈哈！」已經有幾分醉意的靈蘭，不停的調侃著自己。

靈蘭的朋友，想阻止她繼續借酒消愁。

「欸，妳說，我要怎麼跟我媽說，我失業了？」靈蘭臉上的笑臉，帶著哀傷的痛苦。

「工作再找就有了嘛！只是說妳怎麼會搞到被辭退阿？」

「我老闆對我性騷擾。」

「蛤？妳老闆？性騷擾？」

靈蘭用堅定的眼神，對著她朋友點了點頭。

「妳是說，那天在酒吧，謊稱是妳男朋友的那個？」

靈蘭再點頭回應。

「他是個好人耶！那天要不是他救了妳，我還真的不知道要怎麼辦。」

「蛤？妳說什麼？他救了我？」

靈蘭的朋友，肯定的向她點頭回應。

第六章　告白

隔天一大早，靈蘭站在伍尚浩辦公室門口，猶豫著要不要進去。

「妳如果不進來，就給我滾遠一點。」伍尚浩低頭批閱公文，沒有抬頭。

鼓起勇氣，靈蘭走了進去。

站在伍尚浩辦公桌前的靈蘭，緊捏著自己的手指頭，不發一語。

「妳如果不說話，就……」

「對不起！」

伍尚浩似乎沒有聽清楚，靈蘭說了什麼。

「對不起，我不知道那天，是你救了我。」

伍尚浩微笑的點了點頭。

「我……」

「想留下來？」靈蘭話都還沒說完，伍尚浩卻已經猜到，她要說什麼。

靈蘭不安地看著地板。

「愚蠢。」伍尚浩的發言，讓靈蘭不可置信的抬起頭來。

在靈蘭開口之前，伍尚浩搶先說：「喝得那麼醉，好玩嗎？」

靈蘭搖搖頭。

「真的很愚蠢。」

「我都已經道歉了！」

伍尚浩放下手中的筆，看著靈蘭：「如果妳那天被撿屍，妳覺得呢？」

「我，我，我……」靈蘭支支吾吾，話都說不完整。

靈蘭自己心裡清楚，那一天晚上，她是失態了，竟然在夜店喝得那麼醉，還要朋友照顧她。

對於自己的不謹慎，她也很懊悔。

「妳很常這麼做嗎？」伍尚浩的這個疑問，讓靈蘭腹中的一把火，燒了起來。

「當然沒有阿！」

「沒有？」

「沒有！」

他們倆個人針鋒相對，誰也不讓誰。

最後，伍尚浩盯著她的雙眼：「沒有就好，女生要懂得保護自己。」

靈蘭聽不出來，伍尚浩此話是關心，還是責備。

「我的事，跟你沒關係。」

伍尚浩的視線停留在靈蘭臉上，緊盯著她看。

「看什麼看？不要以為你救了我，我就得感激你一輩子。」

「用這樣的態度對待妳的救命恩人，對嗎？」

靈蘭冷笑一聲後說：「救命恩人？你是古代人嗎？」

伍尚浩從他的座位起身，走到了靈蘭的身邊。

他每靠近一步，靈蘭就往後大退一步。

直到靈蘭退到不能再退，她只能用她的大眼睛，看著伍尚浩。

「對，我是古代人，請問，古代人怎麼報答救命恩人？」

靈蘭強硬地吞下一口口水：「就，就一命償一命吧，不然還能怎樣。」這個回答，讓伍尚浩大笑出聲。

「有趣，妳這人真是有趣。」

等伍尚浩退回幾步之後，靈蘭趕緊站好自己的腳步。

「妳為什麼一定要留在這裡？」

「因為，我……」本來想開口解釋的靈蘭，看著眼前的伍尚浩，覺得他只是她的老闆，加上她現在對他感到厭惡，也就不想解釋那麼多：「因為我需要錢。」

聽到靈蘭的回答，伍尚浩若有所思的想了想。

「好，妳要待在這裡，可以，但是有一個條件。」

靈蘭歪著頭，等著聽答案。

「當我女朋友。」

靈蘭都還來不及驚訝，小凱從門口探頭進來：「總裁，日本那邊來視訊電話了，會議室都準備好了。」

靈蘭驚恐地看著伍尚浩，一句話都說不出來。

「不急著今天回答我。」說完，伍尚浩帶著滿意的笑臉，往門口走去。

等伍尚浩走出辦公室，靈蘭雙腿一軟，癱坐在地上。

「我剛剛有聽錯嗎？總裁他？」小凱扶起靈蘭時，問了這個問題。

第七章　曖昧

「靈小姐，早安。」

靈蘭尷尬的撇過頭去：「早，早。」

伍尚浩跟她之間的誹聞，傳得沸沸揚揚，一發不可收拾。

以至於，辦公室的同事們，對靈蘭的態度有了一百八十度的轉變。

這樣的工作氛圍，讓靈蘭感到痛苦萬分。

送完公文後，靈蘭站在伍尚浩的辦公桌前，等著他抬頭。

「什麼事？」伍尚浩依舊沒有看她。

靈蘭清了清喉嚨後說：「總，總裁，我覺得，是不是需要，澄清一下？」

「澄清？」

伍尚浩終於停下手中的筆，看向靈蘭。

靈蘭用力的點了點頭。

「妳，想澄清什麼?」

聽見這個問題，靈蘭張大了雙眼：「澄清什麼?當然是澄清我跟你之間的事阿!」

「我跟妳之間，有什麼事嗎?」伍尚浩用似笑非笑的嘴角，等著靈蘭的答案。

瞬間，靈蘭漲紅了雙頰，一句話都吐不出來。

接下來的一個禮拜，同事們對靈蘭的尊重，讓她每天都如坐針氈。

這一天傍晚，正在收拾包包準備下班的靈蘭，桌上的電話，突然響了起來。

是伍尚浩。

「一起吃晚餐，餐廳我訂好了。」

「總裁不好意思，我晚上已經跟別人有約了。」

「跟誰?」

靈蘭在電話這頭，翻了一個大白眼：「小馬。」說完，伍尚浩立刻掛上了電話。

「神經病阿?」靈蘭疑惑地說著。

下一秒，伍尚浩就出現在靈蘭面前：「企劃部的小馬?」

驚魂未定的靈蘭，用力的點了點頭。

「他約妳?」

靈蘭依舊點頭回答。

「為什麼？」

「蛤？」一頭霧水的靈蘭，眉頭緊皺。

伍尚浩微微地將頭向左傾，在等著靈蘭給答案。

靈蘭緩緩地向後退了一步：「誰叫你不幫我澄清，那我只好自己處理阿。」

辦公室寂靜無聲，空調的運轉，更顯得清楚。

「妳到底有沒有腦？」

「蛤？」靈蘭的雙眼，除了懷疑，還添加了些微的怒火。

伍尚浩越過靈蘭，大步的走出辦公室，留下一臉困惑的靈蘭。

隔天一早，靈蘭拿著雨傘，去企劃部要還給小馬。

「離職了？」靈蘭不可置信的看著同事。

同事點頭回應。

接著，靈蘭怎麼打電話給小馬，他都不接。

回到自己座位的靈蘭，越想小馬的事，越是生氣。

無法抑制怒火的靈蘭，衝進了伍尚浩的辦公室：「你強迫小馬離職是什麼意思？」

「保護妳。」

這三個字，讓靈蘭的怒火，越燒越旺。

她開始滔滔不絕的數落伍尚浩的蠻橫與跋扈：「你以為現在是什麼時代？還任由你這樣獨裁嗎！你……」

「妳知道大家都怎麼說妳嗎？」

靈蘭的聲音，終於靜了下來。

伍尚浩告訴靈蘭，同事們都說她是花蝴蝶，已經勾搭上總裁，卻還跟小馬搞曖昧不知檢點。

「我，我沒有！」眼淚已經在靈蘭的眼眶打轉。

「我知道妳不是這種人。」

靈蘭哽咽地說，她會跟小馬走近，只是為了想撇清自己跟伍尚浩的關係：「我沒有要跟他搞曖昧阿！拜託！我根本一點都不喜歡他阿！」

「那妳喜歡我嗎？」

靈蘭用力地抬起頭想反駁，卻又不知道為什麼說不出口，也不知道該反駁什麼。

第八章　滿級分

空氣就這樣，凍結在伍尚浩跟靈蘭之間。

「不回答，就是默認？」

靈蘭用力地吞下一口口水，她努力的想擠出一個字，卻覺得話都哽在了喉頭。

下一秒鐘，伍尚浩向她靠近，輕輕地捧起她的臉頰，溫柔地吻了靈蘭。

伍尚浩這個舉動過於突然，以至於靈蘭遲了三秒鐘才做出反應。

靈蘭用力推開伍尚浩，殊不知，她這麼一推，卻讓伍尚浩順著她的動作，將她給擁入懷中。

「總，總裁，請，請你不要這樣。」

伍尚浩的香水味，充滿了靈蘭的鼻腔。

她清楚地感受到，伍尚浩結實的胸膛，與她緊緊相連。

靈蘭的羞怯，從雙頰，擴散到了耳朵。

「妳好燙。」伍尚浩的話語，帶著微笑。

「我……」

「妳知道，我為什麼喜歡妳嗎？」

靈蘭安靜了下來。

似乎，她也想知道答案。

經由伍尚浩的敘述，靈蘭才知道，雖然他家境富裕，但是這間公司，卻是他自己白手起家創立。

「都唸完醫學院了，幹嘛還開公司忙成那樣虐待自己阿！」

「我根本不想當醫生，是他們認為，我應該是醫生。」

「有錢人就是想的跟我不一樣。」靈蘭不以為意地聳了聳肩。

「既然決定要做，就一定要成功。」這句話，倒是讓靈蘭同意的點了點頭，伍尚浩繼續說：「妳不也是這樣嗎？怎麼樣都不肯離開這裡。」

靈蘭的手指，在辦公桌上畫著圓圈。

接著，靈蘭開始向伍尚浩說出，她出生窮苦的單親家庭，為了幫忙家裡的經濟，她只能認真唸書拿獎學金。

「一開始只是為了省學費，後來發現，像我們這種人，只能靠讀書翻身。」

靈蘭的視線，始終沒有看向伍尚浩。

「妳辦到了。」

苦笑之後，靈蘭繼續說著，她不只是要唸書，休假的時候，還要跟著當清潔工的母親去工作。

她的眼裡，只有賺錢跟出人頭地。

好不容易，她的辛苦終於有了回報，進到這間人人稱羨的大公司上班。

因為福利好，她肩頭上的經濟壓力也少了許多。

「成功的感覺很棒，不是嗎？」

靈蘭終於望向伍尚浩，露出微笑。

伍尚浩悠悠地繼續說：「他們為了打擊我，甚至動用人脈來打壓我，讓我處處受阻。」這番話，讓靈蘭張大了雙眼。

原來伍尚浩的父母親，為了阻止他的從商之路，軟硬兼施，什麼招都出了，就為了讓他回心轉意。

這些原以為只有電視才會上演的情節，竟然就活生生的發生在伍尚浩身上。

那一刻，靈蘭突然崇拜起伍尚浩，他的堅毅讓她動容。

看著他，靈蘭似乎也看見了自己。

「怎麼？被我的故事感動了？」伍尚浩的發言，讓靈蘭驚覺，不知道已經盯著伍尚浩多久時間了。

「是不是在我身上，看見了妳自己？」

撇過頭去，靈蘭假裝不在意。

「回歸正題，妳要不要當我女朋友？」

靈蘭的雙頰，瞬間又漲紅。

不知如何是好的靈蘭，搶先要離開辦公室：「我還有其他事情，先，先走了。」

「妳如果現在踏出這間辦公室，就是答應。」

靈蘭的腳步，戛然而止。

說不出話來的她，臉上卻浮出了幸福的微笑。

舉起右手，她對著背後的伍尚浩，用手指頭比了一個 OK 的手勢。

夕陽餘暉照在伍尚浩的臉上，光彩奪目：「這堂課，希望妳可以順利拿到學分，我應該不會當妳。」

「這個考試我拿滿級分都沒問題。」靈蘭依舊背對著伍尚浩。

她的笑。

好甜。

與他揚起的嘴角，互相呼應。

閨密是戀人

／藍色水銀／

第一章 失戀

情人節應該是很快樂、很甜蜜的，但事實上並非如此，對於某些人來說，情人節是分手節，因為劈腿的事總會因為分身乏術而被拆穿，當紙包不住火，甜蜜的戀人可能會變成仇人，甚至演變成一場悲劇，KTV 包廂裡正發生這樣的事。

「白玉郎，她是誰？」站著的女人指著坐在男人身旁的女人。

「她是我女朋友。」

「那我呢？我算什麼？」

「玩玩而已，火氣幹嘛這麼大？」白玉郎故作鎮定，卻不知身旁的女人已經火冒三丈，這時，包廂的門被打開，兩個女人衝了進來。

「好啊！白玉郎，你騙我要加班，跑來這裡跟別的女人唱歌，你有種。」其中一個女人說。

「等等，他不是白玉郎，他的名字叫陳三吉。」跑進來的另一個女人開口了。

「老婆，妳怎麼也來了？」陳三吉答道。

「老婆？」另外三個女人齊聲說出老婆並驚訝地看著陳三吉。

「妳們聽我解釋。」話才說完，碰！一聲巨響把眾人都驚呆了，陳三吉身旁的女人，從陳三吉的包包裡掏出一把手槍，往他命根子那裡開了一槍。

「啊～～～好痛。」陳三吉說完便痛暈了。

警察局的偵訊室，四個女人，一個資深刑警問話，一個資淺的警察寫筆錄。

「誰開的槍？」資深刑警問。

「是我。」女人舉手說。

「槍是誰的？」

「陳三吉的。」

「為什麼開槍？」

「他劈腿，我們四個都是他的女人。」

「這麼厲害？不過，還有一件事妳們應該要知道，其實他不是陳三吉，他真正的名字是江銘書，職業是偽造各種證件跟信用卡，我相信他也用了白玉郎這個名字，對嗎？」幾個女人點點頭表示認同。

「等等，那我的身分證不就是假的？」自稱是江銘書老婆的女人問。

「沒錯，江銘書已經有別的老婆了，他一定把妳騙得團團轉，對嗎？」

「可惡，剛剛應該朝他腦袋開槍的。」開槍的女人咬牙切齒地說。

「還好妳沒有，不然妳要進監獄關了。」

「等等，你是說，我開槍打他，不用進監獄？」

「學弟，這樣吧！這四個女人都很可憐，被這個騙子欺騙感情，還要去坐牢，這樣太沒天理了，她們算是幫了我們一個大忙，破獲了這個犯罪集團，還破了另一個大案，沒有理由讓她們去坐牢，筆錄就這樣寫吧！」資深刑警在學弟耳邊說話，只見學弟微笑還頻頻點頭。

「妳們看一下，沒問題就簽名。」筆錄上只簡單寫著江銘書在 KTV 包廂內喝醉，舉起手槍把玩，結果不慎走火打傷自己。

「這樣可以嗎？」開槍的女人問。

「放心，江銘書的案子，至少五十件，他絕不會有機會告妳的。」

「為什麼？」

「槍上只有他的指紋，子彈上也是，我想，應該是妳當時戴著手套，對嗎？」

「你怎麼知道？」

「監視器啊！」

「那法院那邊怎麼辦？」

「放心，我會勸他放棄告妳，不然我就讓他多背幾條罪，關到老還不能出獄。」

「謝謝。」

「不用謝，該謝的是我，我跟了他三年，如果不是今天這件事，我還無法定他的罪，剛好他的包包裡有一疊假身分證，還有假信用卡，加上手槍，他應該會被判幾百年，至少要關十五年吧！」

「才十五年。」

「沒辦法，法律有規定，就算判一千年，最多也只能關二十年，萬一假釋就是十二年到十五年，像他這種，是集團首腦會關比較久，好啦！可以下課了。」

第二章 瘋狂夜生活

四個女人面面相覷，接著刑警拿出一張名片，上面寫著粉紅佳人酒吧。

「就在對面巷子裡而已，妳們現在應該想要大醉一場吧！？我已經吩咐過了，今晚我請客，喝多少都算我的。」

粉紅佳人是一間純喝酒的小酒吧，調酒師是一個短髮的女人，帥氣的外表，俐落的動作，很快就把四個女人的酒調好，一人一杯柯夢波丹，加了蔓越莓汁之後，酒的顏色呈淡淡粉紅色，隨後服務生端了五盤小菜到桌上，四個女人這才開始認識彼此。

「我是小可。」以為自己是江銘書老婆的女人說。

「妮妮。」她是跟著小可一起進包廂卻沒開過口的女人。

「佳佳。」她是率先開炮卻沒得到答案的女人。

「芳芳。」開槍的女人說。

接著她們就開始簡單的介紹自己，然後喝酒，當酒精開始作用，她們敞開心胸，說了真心話，沒想到四個女人因此成了閨密，也成了酒吧的常客。

「表哥？你怎麼來了？」調酒師看到資深刑警，似乎有點驚訝。

「喝點酒，放鬆一下嘛！」

「你不過去打個招呼嗎？」調酒師指著四個女人那桌。

「她們又來啦？」

「她們現在感情很好，三天兩頭就來這裡喝幾杯。」

「了解，等等再聊，我先過去。」

「這麼巧？」資深刑警跟四個女人打招呼。

「賴隊長，來喝酒嗎？」小可問。

「是啊！小酌兩杯。」

「一起喝吧！」妮妮說。

「謝謝你們的好意，我還約了別人，下次吧！」

賴良忠走到吧檯，坐在調酒師前面，調酒師拿了較大的杯子，倒了半杯的伏特加跟萊姆，還有一片檸檬。

「失戀啦？」調酒師問。

「吵架而已。」

「吵什麼？」

「她嫌我工作時間太長，沒時間陪她。」

「這我可幫不了你。」

「沒差了，我覺得安安不適合我。」

「想分手啊？」

「她有女朋友了，有我或沒有我根本沒差。」

「原來是有情敵。」

「我本來以為是男人，沒想到竟是個女人。」

「看開點，不要因為一時的衝動，卻用一輩子收拾殘局。」

「太深奧了，我聽不懂。」

「等等誰會來？」

「還會有誰！」

「吳隊長嗎？」

「對啊！」

「他也失戀了嗎？」

「他單身有一陣子了。」

「兩隻單身狗，放著眼前的肉不吃，唉！」

「什麼眼前的肉？說什麼？」

「那邊啊！四個女人都不錯，年齡也跟你們差不多。」

「開玩笑地吧？」賴良忠搖搖頭。

「眼光這麼高喔！」

「不是，小可已經跟犯罪集團首腦同居好幾年，芳芳非常狠的，我不喜歡，妮妮跟佳佳也是跟那個首腦糾纏了兩年多，沒妳想的那麼單純。」

「你看到了什麼？」

「該看到的都看了。」

「算了，吳隊長來了，你們聊吧！」

第三章 同居關係

原來四個女人是去討論事情，她們決定住在一起，因為她們的積蓄都被江銘書騙光了，現在必須租一間房子。

「我沒錢，但是我有家具，不過必須趕快搬。」小可說。

「我也沒錢，但我可以找兩個壯漢幫忙搬家。」芳芳說。

「錢我有，不過只能撐半年，半年後，妳們就一定要分擔房租。」妮妮說。

「我可以出一些，可以多撐三個月。」佳佳說。

「大家都是女人，不介意的話，就租三房的比較便宜，主臥室睡兩個。」小可說。

「既然要省，就兩房吧！」妮妮說。

「怎麼分房呢？」佳佳問。

「抽籤吧！可以嗎？」妮妮說完，其他三人都點頭。

結果小可跟芳芳同房，妮妮跟佳佳同房。結果四個人弄了輪值表，上面寫了洗衣服、晾衣服、掃地、洗碗等等的時間，為的就是基本的生活品質。

「沒問題的話，明天就約房東簽約。」小可說。

「為了省錢，這是個不錯的方法。」妮妮說。

「那就舉起手中的柯夢波丹，為我們開始同居慶祝，乾杯。」佳佳說。

幾個女人從此過著不一樣的日子，因為她們從情敵的身分，變成彼此的閨密。

簽約後，眾人立即清掃室內，空蕩蕩的房子，東西越來越多，小可帶著芳芳的兩個朋友到住處，把江銘書的東西搬個精光，因為那裡的租約快到期了，於是沙發、電視、電視櫃、餐桌椅、餐具、廚房用品、洗衣機、衣櫃、梳妝台都有了，她們只缺兩個衣櫃、兩張床，於是趕緊到家具行添購，忙了一整天，空屋變成了溫暖的家。

「睡不著嗎？」躺在床上的小可轉頭問芳芳。

「認床，還有枕頭。」芳芳看著天花板。

「也對，換了環境，難免不習慣。」

「妳怎麼沒這樣的感覺？」

「我也會，只不過飄泊慣了，沒被妳看出來罷了。」

「原來是這樣，說說妳的故事吧！」

「改天吧！明天要上班了，妳也要早點睡，晚安。」

「晚安。」

「在想什麼？」另一張床上，妮妮問。

「沒有啊！就發呆，我睡前喜歡這樣，什麼都不想，一下子就能入睡。」佳佳說。

「我懂了，晚安。」

「晚安。」

當她們起床之後，發現了一個問題，只有一間浴室，這意味著有人必須早起，否則同時起來，就會像現在這樣，有人洗澡，有人刷牙，還有一個人坐在馬桶上，唉！真是折騰人，佳佳看著浴室心想：什麼時候才會好啊？肚子很不舒服，快點啦！

第四章　轉型的彩虹

小可的工作，是一間女同性戀酒吧的服務生，酒吧名叫彩虹，待遇不高，但事情不多，偶爾還會像現在這個樣子，座位上空無一人，除了員工。

「再這樣下去，就要關門大吉了。」調酒師莫愁面帶愁容地說。

「可以轉型啊！女同性戀本來就少，有錢有閒來喝酒的更少，不是嗎？」小可坐在吧檯前，潑了一盆冷水給莫愁。

「真是一語驚醒夢中人啊！有何高見？」

「放棄成見，擁抱大眾。」

「那彩虹不就成了菜市場？」

「妳想繼續虧下去嗎？」

「當然不想，可是菜市場也不太好。」

「魚與熊掌想要兼得，妳太貪心了。」

「我只想混口飯吃，沒想到這麼難。」

「真的不難，只要放棄成見，擁抱大眾。」

「可是我就看男人不順眼啊！」

「男人也有很多好男人，女人也有很多壞女人。」

「這是什麼歪理？」

「不，妳信奉的才是歪理。」

「算了，說不贏妳。」

「聽過粉紅佳人酒吧沒有？」

「帥T寶寶開的啊！妳認識她？」

「我跟幾個朋友常去，生意還不錯。」

「沒想到她可以混得不錯。」

「妳們是朋友？」

「不，是情敵，我們同時喜歡上一個婆。」

「一定是她贏得佳人的芳心，對吧！」

「她只是運氣好罷了。」

「不，她是真心付出，妳呢？玩玩而已，不是嗎？！」

「妳今天是帶冷水桶出門嗎？怎麼一直往我身上潑冷水？能不能說點好聽的？」

「我把妳當朋友，所以才說真心話。」

「對不起，生意不好，又沒女人理我，所以心情不太好。」

「我可以理解，但妳得接受男人，否則妳的店只有倒閉一途，不可能起死回生。」

「難道真的不能只做女人的生意？」

「大部分的女人，都有男性的朋友跟情侶，如果妳只做女人的生意，等於把九成以上的收入都放棄，不是嗎？我實在搞不懂，妳到底有多恨男人？」

「妳不是我，妳不瞭啦！」

「會比我的遭遇還慘嗎？」

接著兩人就聊到凌晨三點，依舊沒有客人，因為她們不知道外面下著大雨，根本不會有人在這種時間跟天氣出門。

「好大的雨，等雨停嗎？」莫愁問。

「我開車送妳回去吧！」

「妳開車上班？」

「很奇怪嗎？」

「附近不好停啊！」

「我住附近，走路上班，有車位，不過妳要等我二十分鐘，因為我淋雨過馬路得換衣服。」

「那怎麼好意思！」

「妳先回店裡坐一會，等等我打電話再出來。」

「好，等會見。」

莫愁邀請小可到家裡坐，兩人又談了許久，不知不覺中，已經天亮，雨也停了。

「可以留下來陪我嗎？」莫愁問。

「我可以陪妳睡，但不要動手動腳，不然我就翻臉。」

「妳的邏輯好奇怪。」

「我每天都陪室友睡，不過我們不是情侶。」

「我好忌妒她。」

「別說了，我已經很累了。」

「好，晚安。」

「早安！睡吧！」

第五章　厭倦

於是莫愁從此對小可刮目相看，開始追求她，不過小可早已經厭倦了女同性戀。

「妳知道嗎？其實我以前也是T。」小可拿出一張短髮的照片遞給莫愁說。

「為什麼放棄？」

「我說過了，女人也有很多壞女人的。」

「被傷得很重，對吧！？」

「妳懂就好，可以別說這個話題了嗎？」

「好，妳想聊些什麼？」

「我希望妳成熟一點，別老是像個孩子。」

「有那麼明顯？」

「非常明顯，這就是妳把不到妹的主因，女人喜歡心理成熟的男人。」

「好傷人。」

「不這樣，妳永遠不會長大，以後會很慘的。」

「聽起來好可怕。」

「本來就很可怕，同性戀沒有小孩，死了沒人送終的，而且等妳五十歲，還想泡妹嗎？她們願意給妳泡嗎？她們會叫妳阿姨，然後妳就會徹底崩潰。」

「妳為什麼會知道這些？」

「前輩說的，她已經死了十年。」

「我不懂？」

「她死的時候才五十四歲，剛過更年期，發現自己老了，再也泡不到妹就自殺了，沒人送終，喪葬費是我處理的。」小可的眼神中，露出淡淡的哀傷。

「妳在暗示我的未來也會這樣？」

「妳跟她太像了，簡直是翻版。」

「好吧！我承認我懂，但就是不想長大。」

「逃避現實不是辦法，最後一定會撐不下去。」

「我是撐不下去啦！」

「這樣就撐不住，要怎樣過未來的五十年？」

「五十年？」

「不然呢？妳才二十八，說不定還有六十年。」

「我不想聽了，我們喝酒吧！」

「又想逃避？」

「我只是希望妳喝醉，酒後吐真言嘛！」

「喝不喝，我說的都是真話，而且我千杯不醉，想說謊還是套不出話的。」

「這麼強？」

「多練習就可以。」

「這種事可以練習？」

「不然呢？」

「相處越久，越覺得妳好強。」

「少拍馬屁，我最討厭人家拍馬屁了。」

「懂了，以後不會再犯。」

「妳想知道什麼？」

「妳的過去啊！」

「人要向前看，不要活在過去，那是一種病態。」

「好深奧。」

「不深，等妳實踐一段時間，妳就會懂。」

「實踐一段時間？」

「不然呢？妳不做就是逃避現實，不是嗎！？」

「好嚴格喔！」

「我真懷疑妳是怎麼活到現在的。」

「這句話好傷人。」

「妳需要的是鞭策，不是鼓勵，鼓勵只會讓妳停住或是退步，不是嗎！？」

「沒想到妳這麼了解我。」

「看久就懂了，這並不算什麼！」

「這些日子相處下來，我覺得妳比較像我媽。」

「算吧！我把你當妹妹在照顧，明白了嗎？」

「明白！下次再聊了，該出發去工作了。」

「想改變了嗎？」

「對啊！」

第六章 雙性戀？

賴良忠在他的生日遇見了莫愁，同行的還有布萊特、威廉、吳宗志，他們是來談論怎麼消滅犯罪集團的，不過賴良忠一眼就看到了小可。

「妳在這裡工作？」

「對啊賴隊長！來喝酒啊？」

「談點事情，伏特加萊姆就好，每個人五杯，小菜妳幫我們決定就好，對了，我們要用包廂，麻煩妳了。」

「好，等我一會。」

一旁的莫愁眼裡看到的不是英俊瀟灑的布萊特跟威廉，也不是型男吳宗志，而是有點兄弟味的賴良忠，看得眼睛都發直了，小可將手在她眼前揮了幾下，莫愁這才回過神。

「什麼事？」

「二十杯伏特加萊姆。」

「這麼多？」

「他們有事要談，一次就把酒點完。」

「這麼會喝？」

「賴隊長跟我一樣，千杯不醉的。」

「這麼厲害？」

「妳喜歡他，對不對？」

「才沒有。」

「沒有就趕快調酒吧！還看。」

「喔～」莫愁還是盯著賴良忠。

把酒跟小菜送完，莫愁立刻跟小可打聽賴良忠。

「妳跟他很熟？」

「算吧！他叫賴良忠，是刑警隊隊長，平常很忙的，那個型男是吳隊長，另外兩個年輕人沒見過。」

「我只想認識我看的那個人。」

「妳不是帥T？」

「別糗我了，遇到了真命天子，我還是會喜歡男人的。」

「所以妳不能算同性戀，而是雙性戀，對嗎！？」

「可以介紹一下嗎？」

「我看今天不行，他們都帶了槍，應該有什麼麻煩事！」

「妳有看到？」

「那兩個年輕人面對面，右手都抓著槍，應該是防止偷襲。」

「這麼可怕？」

「別管那麼多啦！我看啊～可能要等他們這次的行動結束，妳才有機會跟賴隊長約會了。」

「妳怎麼知道那麼多啊？」

「直覺吧！賴隊長跟吳隊長都是沙場老將，他們剛剛卻一副急著進包廂的樣子，這表示他們有迫切的危機要處理。」

「這妳也看得出來？」

「別說那麼多了，妳想怎麼跟他約會？」

「還不是吃飯、看電影，不然呢？」

「先在床上認識，然後再開始約會，妳覺得如何？」

「妳怎麼這樣啦？」

「妳已經口水流滿地，可以忍那麼久嗎？」

「妳很討厭耶！」

「這就對了，要先像個小女人，不然妳就沒機會了。」

幾週後，莫愁如願約到了賴良忠。

「我叫余莫愁。」

「我知道，我相信妳也知道我的名字了。」

「我喜歡妳。」

「這我也知道，小可都說了。」

「你還有什麼不知道的？」

「我要告訴妳一件事，妳要做好心理準備。」

「要閉眼嗎？」

「不用，因為跟妳想的很不一樣，上車吧！」

「去那裡？」

「看一個老朋友。」

「跟我有什麼關係？」

「等等妳就知道了。」

賴良忠載著莫愁到了一家寺廟，他們走進去之後，直接到了一個塔的三樓，賴良忠從幾百個牌位中拿起一個，上面的名字是余飛雲，賴良忠面色凝重地看著莫愁。

「她是妳的母親，不過妳應該沒印象了，對吧！？」

「對，她離開祖母家時，我才四歲。」看著母親的照片，跟自己的樣子如此相像，莫愁徹底崩潰，痛哭流涕。莫愁沒想到第一次跟賴良忠約會，就遇到這樣的事，鬱悶了好幾天。

第七章　單飛

決心要幫莫愁的小可，拿出了兩年的房租交給芳芳，跟幾位姊妹道別。

「如果妳們想我，可以到彩虹找我。」

「找到男人了？」芳芳問。

「不，我有件事要辦，必須暫時離開妳們。」

「好，以後我們聚會就改到彩虹，這樣就可以看到妳了。」

「這樣就對了，別忘了介紹客人過來。」

「那是一定要的。」

告別了三個姊妹，迎向小可的是莫愁，不過莫愁還在為喪母之痛處於低潮。

「別難過了。」

「二十多年沒見，沒想到她已經死了。」

「還記得我跟妳說過的那個自殺的女人嗎？」

「記得。」

「她就是妳的母親，她很照顧我，幫了我好幾次，可惜看不開，只想要泡小女生，跟之前的妳一樣。」小可拿出一本相簿，遞給了莫愁，莫愁邊看邊掉淚。

「這就是妳的母親，追過十四個婆，其中三個合起來騙光了她的錢，這才是她自殺的真正原因，以為男人很壞，沒想到女人更壞。」

「她有提過我父親嗎？」

「有，但妳想要更刺激的嗎？」

「說吧！還能有多糟？」

「妳想見他？」

「對，我不想抱著遺憾。」

「好，準備好妳的證件。」

台中監獄的會客室，莫愁隔著玻璃拿起話筒，第一次見到她的親生父親。

「我是妳的女兒，余莫愁。」

「沒想到妳長這麼大了。」

「為什麼離開我跟媽媽？」

「去問她啊！哈～～～」莫愁的父親李應龍狂笑。

「媽媽已經死了。」

「她出賣我，害我被抓，就這麼簡單，不是我想離開妳們，而是我直接進了監獄。」

「你到底犯了什麼罪？為什麼過了二十幾年你還在這裡？」

「販毒，無期徒刑，可能有機會出去，但也有可能要死在這裡面。」

「我知道了，好好照顧自己，我等你出來。」話才說完，透明的玻璃兩邊，父女兩人都流下眼淚，此後莫愁便每月來探視李應龍，直到三年後他假釋出獄。

「所以，是媽媽要妳照顧我？」三年後的某天，兩人在聊了許久後，莫愁看著小可問道。

「這是她留給我的遺書，自己看吧！」

「別哭了。」小可安慰著莫愁。

「我一直以為是爸爸拋棄我們的，沒想到親手毀滅這個家的是媽媽。」

「這不能怪妳媽媽，龍哥當年生意越來越大，已經到了無法回頭的狀態，外有警察，內有小弟還有合夥人要應付，所以妳爸媽都是身不由己。」

「結果家破人亡，不是嗎！」
「別灰心，他的假釋已經過了，明天下午去接他吧！該是父女團圓的時候了。」
「妳要走了？」
「天下沒有不散的筵席，想我的話，可以到粉紅佳人找我。」
「妳要去幫帥T寶寶？」
「她的員工都被挖走了，反正妳的生意已經很穩定，兩個服務生就夠了，不用再養我。」
「好，要保重，我一定會去找妳的。」

第八章　回歸原點

「我回來啦！」小可熱情地擁抱著芳芳、妮妮、佳佳。
「不是說兩年，怎麼去了三年？」芳芳問。
「唉！生意難做啊！」

「那做起來了嗎？」

「馬馬虎虎啦！一個月賺五、六萬。」

「怎麼不繼續呢？」

「人家剛剛父女團圓，我應該要識相一點啊！」

「那妳自己呢？」

「換地方工作而已，就粉紅佳人啊！」

久別重逢，小可跟三個女人聊了許久。

粉紅佳人的吧台前，莫愁已經一頭長髮，帥T寶寶看了半天沒認出她，畢竟兩人已經許久沒見面。

「美女，一個人嗎？」寶寶問。

「我來找小可的。」

「妳的聲音好熟悉，妳是莫愁，對嗎？」

「對，我是莫愁。」

「妳留長髮的樣子好漂亮。」

「妳還是一樣好色。」

「妳以前還不是一樣。」

「在聊什麼？」小可忽然出現。

「妳的朋友來找妳了。」寶寶說。

「妳先頂一下，太忙再喊我。」小可說。

「趕快去敘舊吧！」

「生意怎麼樣？」小可問。

「還不錯，只是我爸的朋友來自五湖四海，讓彩虹變得有點複雜。」

「他也是幫妳啊！別怨了。」

「關於媽媽，我想知道更多。」

「幹嘛？又想搭時光機回到過去。」

「我想知道妳跟她到底有什麼關係？」

「她追我，狂追，可是我一直沒理她，後來我發生一些事，缺很多錢，她幫我擺平了債主，讓我分三年還，我為了報答她，跟她同居了兩年，後來，她喜歡上別的婆，就這樣。」

「這樣不行啦，我要知道來龍去脈。」

「改天吧！別一直想要活在過去。」

「好吧！寶寶對妳好嗎？」

「寶寶對我很好，加上這裡在分局對面巷子，所以客人相對單純，不會有什麼道上兄弟，而且賴良忠常來，妳懂的。」

「賴隊長，他改變了我，讓我知道我父母的人。」

「說人人到。」

「小可、莫愁？妳們怎麼會來這裡？」賴良忠一頭霧水。

「我幫寶寶工作，莫愁來找我。」

「好久不見。」莫愁依舊深情地看著賴良忠。

「我看啊！你們兩個去約會吧！」小可說。

「妳要嗎？」賴良忠看著莫愁。

「可以先跳過約會，我們先在床上認識好嗎？」莫愁語出驚人，沒想到賴良忠竟然答應了。

「我是沒問題，怕妳會覺得委屈而已。」

「快去汽車旅館吧！別在這裡放閃，搞得我都快瞎了。」

「他們兩個怎麼了？」寶寶看著賴良忠摟著莫愁離開。

「一個一見鍾情，一個憋太久了。」小可也目送兩人。

「喔！」

「妳羨慕嗎？」

「羨慕啊！我也該恢復女兒身了。」

「想通啦！」

「幹嘛一語雙關啦！」

「唉呦，是妳自己想歪的，我才沒那個意思，快說，喜歡上那個帥哥了？」

「就他啊！我表哥的朋友，布萊特。」寶寶比著遠處的座位上，布萊特跟威廉、吳宗志正在聊天。

「大帥哥，妳確定？」

「確定，上次就想認識他，沒想到一別就是三年。」

「那還不快過去搭訕！」

「遵命。」

我可以抱抱你嗎？

／宛若花開／

內容大綱

一個心裡住著女孩的小男孩，愛慕著班上的一位男同學，可惜群體的道德和價值觀束縛著小男孩。在學校內，班上眾多的鄙視，讓小男孩遲遲無法真正靠近這位男同學。只能透過其他女同學的，遞上些小禮物和訊息，希望男同學有天可以為他轉頭，或是跟他說上一句話。

某天，男同學如同美夢成真般走向小男孩，並跟他說聲"嗨"！這一句招呼成了小男孩心中的紀念日，紀念著這個歷史性的一刻！殊不知這是場惡夢的開始，男同學無心地配合班上幾位女同學的惡作劇，開始讓小男孩融入他們的團體，一同在社群群組內聊天，也和大家一同在線上遊戲中打怪。

小男孩以為他真正融入到他的生活，卻不知道這些女同學早已把他跟男同學的對話全部截圖下來，並且開始大肆在校園內宣傳，就像要告知全天下的人，讓大家都知道小男孩其實就是同性戀！

接踵而來的是，老師的約談與輔導，同學的謾罵與嘲笑，這些都不算什麼，小男孩最傷心的是，男同學卻因此而離他而去。才知道這些對話，原來都只是逢場作戲，根本不是真心的深夜長談。

「同性戀可恥嗎？」小男孩一直不停地問自己。小男孩心想：如果可以，這輩子我這輩子是女生，可以盡情跟我喜歡的人在一起……，就不會受到其他人的異樣眼光，還有不公平的對待。每當想伸手碰觸他的時候，就像隔著一層玻璃，即便我想打破，卻總是找不到對的工具……。

我只能在放學後，從網路連結到他的世界，跟他聊天、一起玩線上遊戲，看著線上遊戲內的我們，就讓我心怦怦然，我願意這樣一路跟隨他，一直到世界的任何角落。

但，當我們互道晚安，電腦或手機關機黑屏的那一刻，我就像洩了氣的氣球，我開始覺得好像失去了什麼，但又很渴望有人可以來把我把心都填滿。而現在，他，似乎已經變成不認識的他了，在這個世界，到底還有誰值得我相信？

故事開始

「ㄟ，妳看！妳看！他來了！」一群女生驚呼著自己的男神一組憶青剛剛經過自己的教室，巴不得讓男神可以再回頭多看自己一眼！但是對狐春霖來說，他只是一個遙不可及的人物，連看一眼都是奢侈……。

春霖在學校無法將自己的心意傳達出去，也無法在真實世界做自己，只好藉由網路遊戲創造了一個全新的角色，將自己的自由意志寄託在這個角色身上，也把對憶青的情意都放肆地宣洩在這裡。

「若不是你，我的生命也就無意義……。」春霖將這段話打在遊戲的個版上，只能這樣無聲地表達自己的思念。看著遊戲中的自己，茫然地在遊戲中四處遊走，毫無目標地在打怪，不知道到底自己身在何處？哪裡才是自己的避風港？

下意識點著滑鼠，突然捎來個組隊訊息，春霖點開看，瀏覽一下隊內的隊員資訊，確認大家的等級後，無意間在顯示隊員清單的欄中，看到有個名稱好像有點熟悉，但說不上來是哪裡看過？反正今天也沒什麼功課，就組個隊多打幾回合吧！

組隊的好處就是一直都可以聽到隊內成員聊天的人聲，就不會感覺到孤獨了……。但聽著、聽著，似乎聽到一個熟悉的聲音，第一聲就像憶青的口頭禪。

「切！對方也太牛了吧！怎麼會這樣打？後端快補、快補！我們快換那個裝備，先做好防守！」春霖還有些懵了，還在思考著到底是不是憶青？還是只是因為自己太過思念他，把別人誤認是他了？

「法師、法師，你還不趕快補血？在幹嘛？」突然有隊員在耳機的另一端喊叫著，喊了好幾聲才讓春霖意識過來。差點忘記自己正在團戰對戰，春霖趕緊幫所有隊員補血，免去失血危機。

經過一陣混亂，終於搞定了這場，春霖鬆了一口氣，往後一躺，將耳機拿下並掛在肩上。耳機內傳來大家此起彼落的慶祝和歡呼聲，因為這場戰役讓不少隊友都可以順利升等，也拿到不少裝備和技能卡。

熟悉的聲音再度出現：「謝啦！法師！這次是誰這麼會找？這次找的這個法師，比上次那個豬隊友好多了！上次那根本就是……切，不說也罷，來，今天大放送，我把昨天抽到的獎金分享給大家！趕快去領紅包，我已經發到大家帳號內了！」

「耶！感謝大哥！」

「這次真的大手筆耶！哥兒們，謝啦！」

「昨天是抽到多少啊……被阿姨包養了是不是？」

「切，才不是哩，如果被包養，這樣不會給太少嗎？哈哈哈！」

春霖突然覺得自己有種被重視的感覺，好久沒有收到讚美，愣愣地看著電腦中的那個「他」，心中默默祈禱著：「如果是他就好了……，不過也沒關係，即便不能在現實生活中一起聊天，反正將錯就錯，這樣也是挺不錯的！我就可以天天跟他聊天，有機會跟他在另一個平行時空相處。」

春霖看了看時間，發現早已半夜，想起明天一早還要幫老師處理考卷的事情，趕緊跟大家說聲明天見。按了下線後，心滿意足的關上電腦，期待明天再來跟這個遊戲中的憶青相見。

春霖抱著一疊疊的考卷和講義，不禁哀怨著怎麼又有做不完的功課和考試，每天的高中生活好像就只剩下寫功課和考試，都不知道到底寫這些的意義何在？還好還有網路上的組憶青，雖然在學校無法見面好好聊天，但至少在網路上可以跟他一同作戰，已經是最大幸福了！春霖不禁抱著手中的考卷埋臉害羞地笑了起來。

突然有人迎面撞了上來，春霖手中的考卷和講義落了一地，正當春霖按著自己的額頭要大罵對方的時候，睜眼一看，眼前出現的竟然是讓他朝思暮想的男神—組憶青！

「你沒事吧？」組憶青先問起。

「我……我……」

春霖頓時語塞，不知道該說什麼才好……。

「你的頭流血了耶……要不要去保健室？」組憶青想要伸手摸著春霖的額頭，試圖要幫春霖止血。

「等一下！」春霖突然大叫一聲，組憶青原本要向前的手，突然停在半空中。春霖似乎也感覺到這一聲大叫頓時讓兩人都尷尬起來，春霖趕緊抓起散落一的的考卷，拔腿就跑。

終於跑回教室，春霖還偷偷往窗外看，看看組憶青是否有跟上來？看著外面空蕩蕩的走廊，春霖才鬆了一口氣，沿著牆壁坐了下來。春霖心想：我剛剛到底在幹嘛啦……為什麼要突然大叫一聲？真的超丟臉的耶！不過，第一次離組憶青那麼近，他的眼睫毛原來這麼長？他好像很少喝水？感覺嘴唇有點乾乾的。他的身上有一種淡淡香味，是我喜歡的味道！

春霖依稀還記得那股淡淡的香味，有種甜甜的水果味，巴不得趕快下課衝去美妝店找找看是哪一家沐浴乳或洗髮乳？這樣就可以跟俎憶青有一樣的味道了！春霖整個人開始陷入迷妹模式，多希望可以蒐集到全部俎憶青的第一手資訊，最好其他人都不知道的小秘密！

現在，他的手上已經有很多俎憶青的最新資訊，而且還有個「秘密通道」可以掌握更多，甚至跟俎憶青每天近距離的「接觸」。春霖整個心花怒放，每天都期待下課趕快到來，就可以趕快衝回家在線上跟俎憶青相會！

打開電腦，迎面來的就是俎憶青的帥氣照片，真的是讓人好心情延續下去！春霖突然閃過一個念頭：如果可以，為何不試試在網路上跟俎憶青聊天呢？至少不是面對面，也比較不用緊張，而且可以用「女生」的身分跟他聊天，他應該也比較可以接受吧？春霖打算鼓起勇氣試試看，看看私訊俎憶青會不會回訊息？

等了十多分鐘，還未等到俎憶青回私人訊息……。看著電腦內大家激戰闖關的畫面，春霖有點喪氣……。覺得自己這個動作是不是太突然？讓俎憶青覺得很奇怪？春霖想再打些什麼字，總是來回刪了好幾回……，不知道該怎麼接下去比較好？怎麼感覺比白天面對面更尷尬了？還是俎憶青發現什麼了？知道遊戲背後的我，其實不是個女孩子？春霖心底各種小劇場，讓他一直無法好好專心在遊戲上……。

「嘿！我來了！剛剛真的超驚險，差點就輸了！」俎憶青突然傳來訊息，春霖還有些措手不及，正在思索著要怎麼回應比較好？

「剛剛那一擊實在太帥了，『妳』有看到我們那個狙擊手嗎？他那個回擊真的是重挫對方……」春霖看著俎憶青滔滔不斷的講著，頓時心裡放鬆許多，而且他真的把自己當作是女生，用了「妳」這個字，一方面是開心，另一方面卻有些隱憂，不知道當俎憶青發現自己的外表是男生的時候，會是什麼樣的反應？

「啊，對不起、對不起，我一講就沒完沒了，剛剛實在太開心了，真的好久沒有找到這麼棒的團隊，希望都可以不要解散，就可以繼續贏下去！」俎憶青略帶抱歉地說著。

「沒關係啦～聽你說也感覺很好啊～而且感覺你是一個很會講故事的人，說的超生動的！」春霖開心地回應著。

「哈哈，沒有造成『妳』的困擾就好，想說第一次私聊就這樣一直停不下來，怕『妳』覺得我太吵～哈哈哈！」俎憶青繼續開心地說著。

就這樣，兩個人一邊打遊戲，一邊趁戰局空檔閒聊著，春霖開始知道俎憶青喜歡的食物、喜歡的顏色，知道他不喜歡在學校被其他女生盯著看的感覺，其實他有點害羞，會覺得這樣是很困擾的一件事情……。只是礙於偶像光環，還有不知道該如何向大家啟齒，只好繼續任由大家的期待方向走……。

「我發現『妳』滿好聊的耶，還是其實都是我在說而已，不如說說『妳』吧？」組憶青突然問起春霖。

「哈哈，我沒有什麼好聊的啦，就只是一個平凡的普通人而已，哈哈～」春霖的不安感又開始發作。

「沒關係啦～我也想認識『妳』啊～『妳』是哪個學校的？感覺應該跟我同年紀吧？因為感覺我們之前聊的東西都滿像的？」組憶青又更進一步詢問。

「我該怎麼辦？我要怎麼回答他？如果說出學校後，是不是就會被他發現？現在的這一切會不會就無法繼續下去？」春霖心裡開始各種小劇場，擔心著自己不知道該怎麼回答比較妥當？

「我……，我其實是……，就是……」春霖真的無法說出口自己是誰，還未有足夠的勇氣，在自己喜歡的人前，顯現出自己真正的模樣。因為他知道，當這個謊言被戳破的時候，也就無法繼續待在組憶青身邊了，就無法每天這樣聊著，這小小的幸福就可能因此而幻滅……。

「就是……，今天手氣很好，我剛剛抽到武器耶！」春霖只好先試著轉換話題看看。

「哈哈，『妳』很不會轉話題耶，這樣轉很硬耶！」組憶青嗆著春霖的對話內容。

「因為……因為我比你害羞啊！我其實不太敢跟別人說話，我都是在班上比較安靜的人，也就比較邊緣啦，也沒什麼人會注意我……。」春霖還是應是掰了一些理由，但實際上他在班上也是真的比較沒什麼朋友，只有少數的女生可以接受他是同性戀這件事……。很多同學都會把他當作異類或是取笑的對象，讓他覺得去學校真的一點都不好玩！

還記得那時候剛開學，大家都剛認識，彼此都還很客氣，也會互相幫忙！基於好奇心，春霖觀察班上幾位坐在後頭的男同學許久，終於在某一天的早自習鼓起勇氣，成為班上第一個主動去跟那兩個復讀生聊天。全班頓時鴉雀無聲，看著春霖跟那兩位復讀生第一次的交集，會發生什麼事情？

春霖先跟其中一個復讀生打招呼，他的名字叫做天平，感覺是個暖男大哥哥，不知不覺地就打開話匣子開始聊起來。春霖越聊越覺得後面好像有各式各樣的眼光直直往這邊射過來的感覺，直到上課打鐘，大家才各自回到各自座位，開始高一的新課程。

接著幾天，春霖陸續順利地跟天平要到社群軟體聯絡方式，也開始跟兩位復讀生幾乎同進同出，班上的女生們好不羨慕！紛紛來找春霖，希望可以藉由跟春霖交朋友，或是跟春霖聊天的時候，看看天平會不會看到她們？

有天，春霖單獨跟天平兩人一起走到福利社，春霖還是會感受到身邊有各種不舒服的眼光看過來，便開始皺眉。天平發現春霖臉上有些不對勁，便故意用手指按住春霖的皺眉處說：「你怎麼又開始皺眉了？再皺下去，你都要跟老人一樣長一堆皺紋了啦！」

春霖撥開天平的雙手，自己小聲地說：「班上的女同學或是其他班的女生，都會要求想來看我們的聊天記錄，然後在那邊說羨慕我可以跟你聊天，也希望可以透過我找機會，讓你跟她們見面，或是可以在校內、校外一起走。」

天平有點大聲地說：「為什麼要給她們看我們的對話紀錄？這不是我們的隱私嗎？她們憑什麼？」

春霖感覺到天平的語氣上似乎有些不開心，趕緊安撫天平：「不是這樣啦，你先不要生氣啦！就因為我們平常上體育課的時候，你們不是都會去打籃球？我就會跟她們坐在樹下旁邊看，他們都會開玩笑說我們是學校附近的『春天酒店』，剛好當裡面的牛郎紅牌，她們一定必點我們！」但春霖不敢說出，其實他很喜歡這個綽號，就是在暗喻自己喜歡他，只是他不敢說出口。

天平地說：「什麼牛郎啦！我比較想當大老闆，如果我有那家酒店，我一定要請全國最厲害、最漂亮的……。」春霖一邊走一邊聽著天平在敘述他的夢想酒店，一邊陪著天平幻想著未來他們的種種可能性。

春霖經常跟自己國中就同班的好閨蜜聊著他跟天平的近況，也跟閨蜜提到自己很喜歡天平。卻在迎新活動要分組的時候，明明是春霖已經被學長姐安排要同一組，閨蜜卻這時候私下買通副班長，故意在班上發表分組順序的時候，竄改名字，內定自己要跟天平一組。

有些股長看不下去，明明第一次從學長姐手上接到的名單不是這樣，卻在班上公布的時候，故意說出錯的組別。春霖聽到自己的好閨蜜被班上其他同學罵得很慘，很擔心閨蜜就這樣想不開……。雖然自己真的私心很希望有機會跟天平一起在同一組參加迎新活動，但是，礙於過去三年的交情，他不忍心看到閨蜜因為這樣就開始被同學們排擠。而且，這才剛開始，往後還有三年要怎麼過？

春霖一時心軟，跟閨蜜說：「不然我幫妳背黑鍋，妳就說是我自己私下要跟妳交換的！」但是，春霖萬萬沒想到，這時的心軟，卻換來更晴天霹靂的消息。

果不其然，整個消息瞬間傳開，蔓延的速度比瘟疫還快！連不太管學校或班上八卦的天平，都知道這件事！並且在知情後的隔天，天平突然叫另一位同樣是復讀生好友，幫他叫春霖到頂樓的天台會合。

春霖心裡覺得莫名其妙，通常都是天平自己就衝到自己的位子前面，然後直接說要幹嘛或是抱怨什麼給他聽，但今天卻是讓別人叫他到一個他們幾乎不會一起去的地方。春霖越想越不安，直到頂樓的天台後，他才知道原來這是天大的誤會，加上一時的心軟，成了他這輩子最後悔的一件事……。

天平問起：「你幹嘛不想跟我同一組？我有做出什麼對不起你的事情嗎？而且，我們的事情還被傳得很難聽，難道你不知道嗎？」

春霖滿臉問號地回說：「我沒有不想跟你同一組，只是……。」只是因為閨蜜的拜託，讓春霖不知道該怎麼處理，也不知道該怎麼跟天平解釋。

天平口氣加重地說：「只是什麼？大家都說我們就是同性戀，因為分手了，你才不跟我同一組，你看這能聽嗎？你到底是跟那些女生說什麼？為什麼會引起這種誤會？」

春霖頓時啞口無言，突然有種魚刺卡在喉嚨處，什麼聲音也發不出來，並且有種被大家出賣的噁心感，原來大家是這樣在背後說他，原來他認定的「好閨蜜」，最後都變成「歸me」……。

天平看著春霖什麼也不解釋，什麼話也不說，心裡燃起更大的怒氣，甩掉當初春霖送他的運動手環，走向逃生門。這時候，剛好閨蜜從逃生梯走上來，趕緊上前安慰天平，一同陪著天平走回教室，徒留下完全還無法回神的春霖，獨自一人在天台上……。

過了兩三天後，春霖從班上其他女生口中得知，天平跟自己的「好閨蜜」在一起了。歸蜜還故意打電話過來，有種冷嘲熱諷的語氣對春霖說：「我會把你對他的愛都一起愛下去，你不用擔心！我會好好愛他的，連同你的份……況且，天涯何處無芳草，何必單戀一枝『草』呢？」

春霖當下聽完這段話，真的很想直接掛電話，將所有的怒氣一次發洩出去，甩掉這些過去跟閨蜜的所有關係。他萬萬沒想到，自己怎麼會這麼傻？傻到自己會去相信這個爛女人說的每句話，虧他上次還掏心掏肺地要保護閨蜜，希望他不要被其他人討厭！自己真的是眼瞎、眼盲、業障重，才會相信這種人的所有事情，過去的所有交情都是假的！

從這個時候開始，春跟閨蜜開始漸行漸遠，所有朋友的承諾都化為烏有……。班上同學似乎也是說好一般，開始明顯地分黨分派，各種謠言和攻擊話語滿天飛，不管在學校或網路上，總是有剪不斷，理還亂的芭樂訊息在四處蔓延，砲火也開始全對準在春身上。

春自認什麼都沒做，卻被莫名地黑化，甚至開始將他是同性戀的事情大肆流傳出去，搞得全校看到他都避之唯恐不及，甚至莫名在社群軟體收到一堆自認是正義使者的女生來嗆聲，說他是死同性戀，最好離他們的男神一組憶青遠一點。走在學校的走廊上，也會有在背後一直對春霖竊竊私語，其實那些人的聲音很大聲，春霖都聽得到，多少都有聽到一些重傷他的話，很難避免往心裡去。春只希望這個惡夢可以盡快結束，他只想趕快結束這一切，結束掉這不該有的情愫，不該有的愛慕。

雖然站在春這邊的女同學們，有時看不下去都會跳出來幫春講話，為春辯解同性戀並不噁心，跟大家一樣都只是普通高中生，何必這樣故意去孤立或是攻擊一個人？春有犯什麼罪嗎？他有得瘟疫嗎？為什麼要遭受大家這樣不平等的對待？

但是，殊不知這樣的一席發言，其中幾個幫春說話比較直白、比較嗆的女同學，在學校開始遭受到蛋洗、潑水、丟粉筆等誇張的攻擊行為，讓學校學務處和教官不得不介入處理。但基於校方的「官方處理」態度，就希望可以大事化小，小事化無，最好來個殺雞儆猴後，這樣大家就會卻步，不敢再繼續造次，也就可以「暫時」獲得校園平靜，至於之後還會不會再發生？反正到時候再說了……。

殺雞儆猴的懲處，教官也叫上春問話，並且在這次懲處名單中，春也被冠上莫須有的罪名，被學校當作帶頭唆使的主導者，記上一支小過。春聽到教官的怪罪和責罵，心裡委屈到極點，原本自己什麼事情都沒有做，卻被連坐法處罰。但是，回頭看看身邊這些幫自己說話的好朋友的位子，一個個都被傷害到不敢來學校，甚至是直接轉學……。

春只好躲回網路的遊戲世界，只有在那邊才可以找到可以喘息的空間，也只有在那邊，大家才不會當他是異類或是瘟疫，可以好好躲在遊戲角色的背後，完全隱藏真實的自己……。也只有在那些網路世界，他才可以獲得一些些的破關的成就感，不然再這樣下去，他都覺得自己已經沒有活下去的理由……。

突然收到遊戲中的訊息，春無心點開看，發現竟然是俎憶青找他聊天？而且，不知不覺，原來俎憶青早就已經不知道密他幾次，他竟然最近幾天都視而不見，忽略這個提醒不知道多久了？春趕緊點開，看著對話框內俎憶青傳來的長篇訊息，突然，兩行淚就開始落下了，他不知道……原來俎憶青是這樣在看待自己……。

「在嗎？老實說，我實在有些煩惱也不知道該找誰聊？因為這真的困擾我很久，我其實沒有很喜歡我現在的女朋友，但我不想傷害她，但我也不知道該怎麼說比較好……，妳覺得該怎麼做比較好？」在傳出組憶青跟前閨蜜交往之後，其實組憶青早就已經傳訊息給春。

「嗨，又是我，最近好像都沒看到妳上線？在忙嗎？還是不想理我？但……，我實在找不到其他人說，總覺得我好像是怪咖？明明同性戀就沒什麼啊？為什麼我那些朋友就要把這些同性戀的同學妖魔化？我其實很看不慣她們那些女生做的事情，然後又要找我們這些男的幫忙撐腰，搞什麼啊？抓我們去當打手嗎？但我一點都不想傷害他們，甚至是他，是同性戀又怎樣？又沒有做出什麼傷天害理的事情，有必要這樣做嗎？」這是前閨蜜傷害春的那一天，春在走廊無意間看到組憶青，原來那個眼神不是厭惡自己，而是厭惡那些自以為的朋友們……。

「是的，我又來了，真的是他殺的ＸＸＸ……很想罵髒話……那教官是怎樣？都戴眼鏡了，還看不清楚到底誰是壞人嗎？明明是那些豬隊友做的，那個春什麼的同學根本沒有做什麼，也沒有說什麼，竟然還要被罵、被記過！！到底有沒有校規啊？根本就是屁！抱歉，我今天比較激動一點，因為真的是看不下去！這群人真的很噁心！我都不想碰我女友了！他媽的噁心到爆表！」看到這邊，其實春內心感覺到一些安慰，原來他受到的傷害，組憶青都有看在眼裡，甚至是放在心裡，對春來說，這已足夠，這樣就很足夠了……。

春輕敲著鍵盤，回覆著組憶青每一段的內容，並安慰組憶青不要太生氣或是做出不智之舉，並故意留下一句：「有時候，你有這份心，對當事人來說，其實已經很安慰了！相信他們，甚至是他，會感受到的！😄」才回完訊息沒多久，組憶青馬上秒讀，也趕緊回上：「謝天謝地，妳終於上線了，我還以為妳封鎖我了？還是妳發生什麼危險了嗎？」

「沒事，放心！我很好！只是學校發生了一些事情，我剛好在處理，就沒空上線囉～看到你打這麼多，真的有嚇到我，但我很開心你願意跟我說，我很樂意當你的垃圾桶！」春感覺自己好像跟組憶青的關係又更進一步，又更加親近了，原本擾人的回憶，都暫時因組憶青而迎刃而解了！

「謝啦！我真的一直都沒有辦法找人聊這個，好像跟妳聊，就可以心裡舒服很多！我之後還可以找妳繼續聊天嗎？」組憶青似乎在丟直球？春心裡突然一驚，瞬間臉紅！心裡想著：這是暗示嗎？還是只是單純朋友的邀請？雖然心裡很開心，但是春就像是有裝了個壞預兆雷達，總覺得這樣下去，可能又要有一波暴風雨來襲……。但春霖安慰自己，先不要想太多，有時候想再多，反而累倒自己而已，船到橋頭自然直！

隔天一早，就看到閨蜜直接衝向春霖的位置，劈頭就狂罵三字經，春霖都還沒反應過來，整個座位已經被翻得亂七八糟，就像一個瘋婆子一樣，一直到組憶青衝過來，才趕緊抓住閨蜜的手，試著想要拖出教室。但閨蜜也不是省油的燈，甩掉組憶青的手，開始大肆地說：「狐春霖，你以為你裝作女生就神不知鬼不覺嗎？我今天要拆穿你的真面目讓組憶青知道！」

閨蜜轉向組憶青，大聲地說：「組憶青，你以為你在遊戲線上遇到的是女生嗎？你錯了，是你眼前這個死 gay，就是你最討厭的同性戀！可悲，你到現在才知道！」

組憶青霎那間皺眉，不敢相信那個在網路上懂自己的女生，竟然就是眼前的狐春霖，狐春霖想要上前跟組憶青解釋，但組憶青卻慢慢在一步一步後退中……。

正當閨蜜笑的高傲，突然背後傳出一個吼聲：「喂！不要太過分！」突然有人推了組憶青一把，讓他沒地方再往後退，並說：「像個男人好嗎？你這樣跟娘們有什麼差別？」

從組憶青身後出現的是之前那一群復讀生中，年紀最大的一位，班上幾乎都尊稱他一聲「大哥」。全班都在等著看好戲，本來以為組憶青如果衝出去教室，應該獲勝的就是閨蜜這方了！但是很少說話的大哥今天竟然第一次站出來，而且還是幫狐春霖說話！連同在走廊的其他班同學們也都靠緊窗戶，準備繼續看戲！

大哥直挺挺地站在閨蜜面前說：「當初我就不看好你跟組憶青這對，你就像一頭瘋狗一樣，到處亂吠，搞得雞犬不寧，如果我現在沒有跳出來好好訓練你這隻瘋狗，還有誰可以教會你要聽主人的話？」

閨蜜眼睛直愣愣地瞪著大哥說：「憑什麼要聽你的話？你算哪個蔥？而且我跟組憶青互相喜歡，你又能拿我怎麼樣？」

還沒等大哥罵出口，組憶青先默默道出一句：「我已經不喜歡妳了……。」還沒等閨蜜反應過來，組憶青接著說：「我喜歡的是當初善良單純的妳，妳現在根本就是瘋婆子到處害人！我已經看不下去了，我們分手吧！」

閨蜜完全傻住，不敢相信這段話是從組憶青口中說出，甚至只能看著組憶青往前走到狐春霖面前。雖然組憶青有點畏懼，但是還是深吸了一口氣，勇敢地對狐春霖說：「雖然我現在還無法接受你就是遊戲裡面的那個她，但……我覺得……未來……總有一天我會接受這個事實，因為我也不想看到你再繼續被這個自稱你朋友的人傷害，如果我們重新做朋友，重新開始認識，你……會願意嗎？」

狐春霖完全不敢置信現在站在面前的組憶青跟他說這段話，是後面的女同學推了推他的肩膀，提醒著狐春霖趕快回覆，狐春霖吞了吞口水，不敢直視組憶青地說：「我……我之前……在網路上片你是我的不對，我跟你道歉！我……願意……跟你當朋友，我們……重新……開始吧！」

這時，大哥拍了拍狐春霖的肩膀，笑著說：「好！現在皆大歡喜，來，這個好日子該慶祝一下，我請大家吃冰去，走！我們一起去福利社！」其他人紛紛跟大哥嚷嚷著要大哥算他們一份，俎憶青也一個眼神問狐春霖要不要去？就像他們原本有的默契，狐春霖趕快離開座位，跟上俎憶青的腳步。兩個人跟在一群人後面走，徒留閨蜜跟她的跟班留在教室內，氣憤地乾瞪眼……。

染愛繪夢

／汶莎／

第一章　麻煩的女人

下著雨的街道上，來往著撐著雨傘的行人中，穿著一身筆挺西裝的袁善翔例行性地將自己的寶貝女兒螢螢送到幼兒園後，便徑直地坐上車往設計事務所駛去。將車子停妥在事務所旁的停車格，行色匆匆的走到自己的位子，準備將身上的東西放下時，桌上的電話響起了偌大的聲音。

「是誰呀……一大早就打電話來……是有這麼急嗎?」

袁善翔咕噥了一下,隨即禮貌性的接起電話。

「喂,磐瀧設計事務所您好。」

「喂,是袁先生嗎?」

電話那頭傳來的女聲十分不客氣,讓袁善翔一聽就知道來者何人,袁善翔仍抑住性子,耐心且有禮貌的回道。

「是的,請問是何小姐嗎?不知您一大早致電到公司是有什麼急事嗎?」

「上次跟你說的設計,我想了想還有些地方需要更改一下,我人現在在房子這裡,你什麼時候有空過來討論一下?」

毫不客氣的口吻、完全不顧他人感受的話語,直逼袁善翔的忍耐極限,但秉持著顧客至上的心態,袁善翔摀著話筒,深吸了口氣後禮貌回道。

「何小姐,我們才剛開始上班,而且我手頭上還有一些事情要忙,最快的話要到下午的時間了。」

電話那頭的女性一聽,嘆了口氣。

「唉,要這麼久喔。我可等不了這麼久,我待會還有個客人要接,你手頭上的事情沒辦法下午再弄嗎?」

袁善翔一聽差點飆出髒話，但仍掐著自己的手緩緩說道。

「何小姐，你有客人要接，我們這邊當然也有客人要服務，所以真的沒辦法。」

電話那頭的女性終於屈服道「好吧！那下午等我忙完再約。再見。」

說完後就立馬掛斷電話，袁善翔確定對方掛掉電話後，用力的將電話摔回話座上。

「她奶奶的，是當作我都很閒只要處理他的案子就行了是嗎？一大早就惹人生氣，真的是@＃&$，氣死我了！！」

聽到袁善翔大發雷霆，全公司的人都望向他，離他最近的同事張晨湊過來問道。

「怎麼？火氣這麼大？該不會又是你說的那個想要奇怪風格的案主吧？」

袁善翔用手抓粑了一下頭髮，一屁股的坐下。

「對！就是那個何燕何大小姐！一大早就要叫我過去他家討論設計。」

張晨驚訝的看了看牆上的時間。

「哇靠，我們才剛整點上班哩，會不會太誇張？」

另一位女同事莊茗伶也跟著靠過來。

「這女的肯定是個雞掰的老處女，感情生活暗淡無光，所以看到袁設計師這位大帥哥，肯定要巴上去啊！」

袁善翔笑訕道「可惜他不老，跟妳的年紀差不多，至於是不是處女我就不曉得了，至少個性雞掰是肯定的。」

莊茗伶一聽顯得有些驚訝「什麼……這種公主脾氣我可受不了。」

袁善翔無奈的聳了聳肩「我也沒辦法。」

這時事務所老闆林品龍走了進來，大家見狀隨即一哄而散，林品龍捧著一杯咖啡走向袁善翔，並將咖啡放在他的桌上，正當袁善翔疑惑的抬頭時，林品龍微笑的拍拍肩說道「辛苦了。」說完後便走到後方的辦公室。

感覺似乎早已看穿一切的林品龍，讓袁善翔心懷感激的收下咖啡，準備面對今天的苦戰。

好不容易捱到了中午12點，也是袁善翔在這忙碌的工作時光中，唯一能夠偷閒的時間，平常他會拿著午餐搭配油土伯的影片，靜靜的享用屬於自己的時光，但偏偏今天就有人來攪局。

響徹雲霄的電話聲將袁善翔的好心情瞬間打入谷底，不用接也知道電話那頭的來電是誰，袁善翔默默的將便當移到旁邊，哀怨的接起電話。

「喂，磐瀧設計事務所您好。」

「喂，是袁設計師嗎？是我，待會我忙完差不多三點左右，我跟你約三點半在新家那裡等，就這樣，掰掰。」

何燕交待完後掛斷電話，讓另一頭的袁善翔傻眼的愣在原地，過了數秒才回神。

「哇靠……是把我當成他家傭人是不是，還隨傳隨到！」

莊茗伶拿著便當靠了過來問道「又是那個小公主是嗎？」

袁善翔在胸前叉著手無奈的點了點頭，這時旁邊的張晨也拿著便當坐著椅子滑了過來。

「看來這個小公主脾氣很大喔！」

袁善翔撇了張晨一眼，把他手上便當裡的炸蝦拿起來送入口中，張晨驚呼大叫。

「啊～～我最愛的炸蝦……」

袁善翔調皮的說道「就當作我今天的精神賠償吧！」

張晨氣得嘟著嘴「為什麼小公主造的孽要我還……」

袁善翔默默的回到座位戴上耳機，裝作沒聽到，莊茗伶見狀也默默的回去，張晨眼看沒戲，也默默的回座位吃著沒有炸蝦的便當。

第二章　該死的電梯

草草結束午餐時光，將上午的案件完成一個段落後，袁善翔便驅車趕往何燕的新家，一踏進接待大門便看到何燕翹著二郎腿，坐在接待區的沙發上，好整以瑕的滑著手機。

袁善翔先是嘆了口氣，重整精神上前與何燕打招呼。

「何小姐，你來的真早。」

何燕停下滑手機的動作，撇了一眼袁善翔然後將手機收進包包內，站起身徑直地往電梯走過去。

面無表情的樣子看的袁善翔內心微火，但秉持著以客為尊的服務精神，仍面帶微笑隨著何小姐跟進電梯，在電梯裡兩人默不作聲，一路到達15樓，何燕走出電梯，熟練的打開家門，空蕩蕩的房間散發著新成屋的味道，腳步聲回響在整個空間。

「上次跟你說的風格不要了，我想還是以簡約方便為主就好。」

袁善翔一聽整個臉瞬間慘白，何燕的一句『不要了』，整整否定了他這一周的絞盡腦汁，為不讓自己的心血白費，袁善翔不氣餒的拿出設計圖，遞到何燕面前。

「何小姐，不然你先看看我畫的設計圖，如果有需要更改的地方我們再一起討論。」

何燕看了一眼袁善翔的設計圖，也不打算接過來看，直接說道。

「上次跟你說的是我思慮不周匆忙下的決定，肯定不符合我現在的需求，所以你還是重新設計吧！這次我會告訴你，我要的是什麼。」

聽到何燕這麼說，袁善翔也無力反駁，只能默默的摸摸鼻子認虧，他拿出筆記本和室內平面圖，開始針對何燕的需求一筆一筆的記下，其間也不斷的與何燕確認設計細節，但由於何燕身為彩妝師，對於色彩的敏銳度極高，在配色上總是有諸多意見，兩人的脾氣也隨著討論愈發高漲，最後兩人耐住性子，好不容易定案後，何燕拿起手機看了一眼時間說道。

「時間不早了，我該走了，剩下的若有變動會再跟你聯絡。」

說完後便將打開門站在門口，示意著袁善翔趕緊收拾東西，袁善翔慌忙的收著東西，而何燕則冷眼在一旁看著，讓袁善翔的怒火來到最高點，不發一語的收拾完後便快走步出門，按下電梯等待電梯上樓。

叮的一聲，電梯門打開，袁善翔進去電梯後，何燕也跟著進去，隨著電梯門喀吱關上後，電梯開始下降，袁善翔在內心不斷的期望著電梯趕緊下樓，好跟這個小公主分道揚鑣。

老天似乎沒打算讓袁善翔這麼好過，突然電梯一晃，燈閃了幾下，運作聲輒然而止，兩人不禁同時驚呼。

「電梯停了？」袁善翔不敢置信的問道。

何燕則是不耐煩的按著緊急呼救鈴「廢話，你沒看電梯的燈沒再閃了嗎？」

何燕按了許久都沒任何回應，氣憤的踢了電梯門一腳。

「靠，管理員是去哪裡了？怎都沒人回！吼！！！」

看著何燕在一旁歇斯底里大叫的袁善翔，無奈的拿起手機想要撥電話求救，沒想到竟然沒訊號。

「連手機也沒訊號……看來得困在這裡一陣子了……」

何燕不敢置信的大叫「什麼！我待會還要去跟客人約見面詳談工作細節耶！」

袁善翔無奈的回道「那也沒辦法，你只能選擇放棄了。」

何燕不死心的扒著電梯門，試圖打開「我的字典裡沒有放棄這二個字！你快點給我過來。」

袁善翔放下手上的東西走到電梯門前，看著何燕，何燕撇了一眼「愣在那幹嘛？還不快點來幫忙把門打開。」

袁善翔幽幽的回道「就算打開也沒用，你也是出不去。」

何燕不死心的怒罵「說這麼廢話幹嘛，你快給我打開就是了。」

在兩人的合力下，好不容易電梯開了條縫，看到的卻是樓層與樓層間的牆，這時何燕真的死心了。

袁善翔一派輕鬆的說道「你看吧！就說你出不去。」

這番話讓何燕聽了大為光火，生氣的朝著袁善翔破口大罵。

「你他媽的就只會在這說風涼話，還會幹嘛？」

隨著何燕的情緒，袁善翔按捺不住自己的怒意回口道。

「你不是已經按了緊急鈴、也開了電梯門？是有用嗎？手機也沒訊號你說不然還有什麼辦法？在這裡大呼小叫是能解決問題嗎？每次做事都不經大腦，害得我設計圖改了又改，你以為我每天閒閒在家都不用做事嗎？我還有女兒要顧耶，哪像你單身一人自由自在的，想幹嘛就幹嘛！」

何燕頓時被袁善翔的怒氣嚇到，瞪大了眼睛在原地，察覺到自己失態的袁善翔，撫著額嘆了口氣。

「抱歉，剛剛情緒有些失控。」

面對袁善翔真誠的道歉，何燕也漸漸的冷靜下來，不發一語的往電梯角落蹲下，將頭埋在兩膝間蜷縮著，兩人沉默了數分鐘，何燕緩緩開口。

「抱歉，我……我不是故意要讓你改這麼多次設計圖……只是……或許像你說的我做事都不經大腦……總是想得不周全……」

第一次看見何燕如何坦率的袁善翔，反而有些不知所措，急忙的解釋道。

「也不是說不能改設計圖，但你提出的意見太過模糊，也不願跟我多說些細節，所以我也只能大概推敲你想要的風格，一旦不合你意就要求大改，讓我很為難……」

何燕聽完繼續說道「抱歉……因為……之前有因為裝潢的事被人騙錢過……所以……在面對你時，我必須武裝自己，讓自己看起來並不是這麼好騙……所以……對你這麼刁難也不是我的本意。」

袁善翔大概能了解何燕想要表達的是她對自己的那些種種兇狠、沒禮貌的行為都是為了要讓自己不再受騙上當，但……這好像跟改設計圖沒有什麼關係……

正當袁善翔還在疑惑的同時，何燕又繼續說道。

「這間房子是我攢了好久的錢買的，我從小就是由奶奶養大，為了讓他有更好的居住環境，所以才買了這間房子，想要裝潢的美觀舒適，給奶奶一個驚喜，也希望他能住的開心。心裡希望能像樣品屋一樣美輪美奐，但……好像有些設計又不適合老人家……」

袁善翔了解何燕的意思，便繼續往下說道「所以……你才會一直改設計圖？全都是為了奶奶？」

何燕點了點頭，袁善翔嘆了口氣「唉……你早說嘛，這樣我們就不用白忙這麼多天了……」

何燕又將頭埋進雙膝，輕輕說道「對不起……」

袁善翔抬頭看著電梯門上方的樓層顯示板，沉思了一會然後轉頭向何燕說道。

「我給你一個禮拜的時間，你去書店找裝潢的雜誌，把你喜歡的風格拍下來，然後剩下的我來想辦法，既然奶奶要同住的話，無障礙空間就要做足。」

何燕一聽猛得抬頭，瞪大了眼看著袁善翔。

看著何燕傻愣的眼神，袁善翔不禁問道「你有聽懂嗎？」

何燕抓著袁善翔的手，激動的搖著「你……你還願意幫我？我……我還以為……」

袁善翔輕笑道「沒有我們磐瀧設計接不了的案子，既然你都找上門了，我們秉持著服務精神，當然是捨命陪君子囉！」

正當袁善翔說完後，電梯又晃了一下，機器的運作聲又再度響起。

袁善翔笑笑的伸出手「你看吧！救援這不就是來了嗎？」

何燕看著笑開的袁善翔，頓時心動了一下，有些羞赧的伸出手，站起身子，此時電梯叮的一聲，到達了一樓，開門便見到維修人員和管理員站在電梯門口。

「唉唷……怎麼電梯裡面有人啊！小姐……你沒有按緊急鈴嗎？」管理員驚呼的詢問何燕，何燕一邊說著一邊和袁善翔一同走出電梯。

「緊急鈴有按了，但壞了，沒有人回應，手機也沒訊號……」

在管理員驚訝的同時，維修人員進入電梯查看，管理員看著兩人平安出來也鬆了口氣。

「吼……怎麼會發生這種事，這棟樓是新蓋的哩！一定要跟建商好好的反應一下。」

管理員一面碎唸著一面朝著櫃台走去，正要打電話給建商，而袁善翔看了看手錶，轉身對何燕說。

「那一個禮拜後見，我現在要趕著去接小孩，先這樣了，再見。」

在袁善翔匆忙的道別後，留在何燕內心的悸動仍無法消退。

「想必……也是個幸福的家庭吧……」

此時何燕的心裡突然多了份寂寞。

第三章　化學變化

在明白何燕內心的糾結與強裝堅強的態度，袁善翔內心對他的觀感從原本的厭惡轉變為諒解，對於何燕的案子也鼓足了幹勁，希望能經由他的設計而讓何燕與他奶奶有個住起來舒服又滿意的住處。

一周後，何燕來到事務所，一改以前囂張跋扈的姿態，拿著一疊資料輕聲有禮的向大家打招呼，緩慢前行至袁善翔的座位，而袁善翔看到何燕的到來，立即起身歡迎。

「何小姐，今天帶了哪些資料來呢？」

袁善翔漾起的笑容，閃亮的讓何燕心裡小鹿亂撞好幾下，鼻額間染上淡淡的嫣紅，說話也不自然起來。

「我……我找了了一些資料……你……看一下……」

袁善翔看了一下資料，有些驚訝的說著。

「哇……何小姐，你做事真仔細，你不僅在上面標示了每個區域，而且還詳細敘述了你的需求……」

被袁善翔突如其來的誇獎，何燕感到有些不好意思。

「沒……沒有啦，你上次有說過要具體一點……所以我翻遍了所有的雜誌、網站，然後綜合了一下我想要的風格而已……」

袁善翔抬起頭滿意的笑了笑。

「何小姐這份資料對我來說非常有用呢！那再請何小姐等待二周左右的時間，讓我設計一下，到時我會將平面圖和3D圖一併給你，然後我們再針對圖面做調整，這樣可以嗎？」

何燕點了點頭「好的，就麻煩袁設計師了，因為我待會還有客人，所以先行離開了，抱歉……」

袁善翔一路護送著何燕，一臉笑臉盈盈的樣子。

「沒關係，再請何小姐靜候佳音，我們保持聯絡。」

待送完何燕後，袁善翔走進辦公室，關上門的那一刻，全體同事瞬間往他那蜂湧而上。

「喂！剛剛那個是氣焰很高又很難搞的何小姐嗎？」

「你們是怎麼了？他怎突然變的這麼有禮貌？」

「何小姐他今天是被鬼附身嗎？」

大家你一言我一句的，讓袁善翔不知該怎麼回應，便推開重重的人牆回到自己的座位上，大家仍不死心的往他的座位靠攏。

「袁大哥你說嘛？你到底是用什麼方法把他治的服服貼貼的？」

「何小姐是不是被你收買了？」

「你們到底是發生什麼事情了呀~~好想知道。」

好奇心能夠殺死一隻貓，但貓咪還沒被殺死，袁善翔就想把眼前的這些人嘴巴給縫上，讓他能安心做事。

袁善翔無奈的嘆了口氣「唉……其實也沒什麼，就是上次去她家結果被困在電梯很久，然後就聊了一下而已……」

莊茗伶驚呼一聲「啥咪！你們兩個在電梯……」

袁善翔知道莊茗伶想說什麼，於是便出口解釋「我們兩個在電梯沒幹嘛，就真的是純聊天而已，收起你那骯髒齷齪的思想，這個痴女。」

莊茗伶裝可愛的吐了舌頭「哈哈哈，我什麼都還沒說哩～」

「那……那你跟她是聊了什麼？怎麼可以聊到讓她整個轉性？」張晨好奇的探問著，而袁善翔懶得解釋一大堆便隨口回道。

「這是客戶的隱私，我不能透露，好了，我該解答的都解完了，全部都給我回去工作，我要開始忙了！」

在袁善翔的一聲喝令下，大家乖乖的回到位子上，袁善翔的耳根子終於清淨不少，他拿起桌上何燕給的資料，翻了又翻，看了又看，將內心的一些構想筆記在本上子，以防忘記。

即便到了下班時間，袁善翔也仍不停的在構想著何燕新家的設計。

「爸爸……我剛剛說的你有沒有聽到呀？」

螢螢搖晃著袁善翔牽著的手，奶聲的問句將袁善翔的注意力喚了回來，袁善翔驚覺到自己的晃神，便彎腰將螢螢抱起，一臉歉意的說道。

「螢螢對不起……爸爸剛剛在想事情所以沒聽到，你可以再說一次嗎？」

螢螢雙手叉在胸前，嘟起小嘴有些生氣。

「吼……爸爸都這樣，人家說今天想要吃有玉米濃湯的那家。」

「喔喔，爸爸知道了，那爸爸帶你去！我們走吧！」

螢螢開心的抱住袁善翔「謝謝爸爸。」

一路上螢螢開心的唱著歌，袁善翔也一起跟著唱，不知不覺已到了螢螢指定的店家，正當袁善翔要開門之際，一隻女性的手也伸過來準備開門，似乎兩人都有意識到對方，便同時縮手，抬頭望向彼此。

「咦？何小姐？」

「咦？袁設計師？」

兩人異口同聲的互相叫著對方，螢螢看著何燕又轉頭看向袁善翔。

「爸爸，她是誰呀？」

聽著螢螢問道，袁善翔回過神來。

「啊……她是爸爸的客戶，何小姐今天也來這用餐呀？」

何燕顯得有些慌張，支唔說道。

「嗯……呃……對，我今天剛好突然想吃這裡的料理……」

這時螢螢拉著袁善翔的衣領。

「爸爸，這個姐姐好漂亮喔。」

聽到螢螢這麼說，何燕瞬間臉上佈滿潮紅。

「呵……這是你女兒呀？真是可愛，你太太沒跟你們一起來吃飯嗎？」

聽到何燕這麼問，袁善翔的臉突然一沉，這時螢螢童言童語的回道。

「媽媽她去天國旅行了，爸爸說他沒辦法回來陪我長大，不過沒關係，螢螢有爸爸就夠了。」

螢螢懂事的抱住爸爸，撫慰了袁善翔久違的喪妻之痛，意識到自己的口不擇言，何燕趕忙道歉。

「啊……對不起……對不起……我不是故意的……」

袁善翔露出了一抹苦笑「沒關係，沒關係，內人畢竟也走了二年多了，聽你一說我還真有點想念她。」

何燕看著袁善翔的表情有些心疼，於是便趕緊轉移話題。

「螢螢肚子餓了嗎？姐姐陪你們一起吃飯好嗎？」

螢螢一聽高興的拉著袁善翔的衣領。

「好呀好呀！爸爸，我們跟漂亮姐姐一起吃飯好不好。」

袁善翔有些疑惑的問道「呃……這樣好嗎？會不會太打擾你。」

何燕笑了笑「怎會，我還怕打擾了你們父女的相處時光呢。」

何燕幫忙開了店門，與店員簡短交談後便帶位到四人座的位子，三人就定位後便開心的享用著晚餐，由於何燕以前是幼保系對待小孩非常有一套，逗得螢螢咯咯笑個不停，袁善翔看著眼前和樂的一幕，讓他不禁想起了以前妻子還在時的家庭時光。

在簡單的用完餐後，三人相偕離開店家，散步在街道上。

「何小姐，今天真是謝謝你，把螢螢逗的這麼開心。」

袁善翔看著背上已累趴的螢螢，沉穩的呼吸聲訴說著今天的疲累。

何燕笑著說道「沒什麼，跟你們吃飯真的很開心，下次如果有機會的話再一起約聚餐也沒問題啊。」

脫口而出的邀約，讓何燕不禁摀上嘴，羞紅的轉過身。

啊……我怎麼還敢邀約人家……我真是笨蛋……一定造成人家的困擾了……

袁善翔看著何燕可愛的反應著實愣了一下，隨即又笑道「當然沒問題，如果有機會的話再約。」

兩人沉默的走到叉路口時，何燕率先開口「我的車停在這邊，我先離開了，再見。」

看著何燕逃也似的奔走在街道的盡頭，袁善翔笑嘆了口氣。

「這女的態度也真是百變，讓人捉摸不定呢……」

第四章　結束亦或是開始

經過二週的時間，袁善翔終於把設計圖給趕了出來，於是便打電話邀約何燕來公司看看是否有哪些需要調整的地方。在約定好的三天後下午，何燕依舊有禮親切的走進辦公室，看得大家超不習慣，唯有袁善翔覺得何燕並無什麼改變，反倒是以真本性示人罷了。

在經由袁善翔的解說後，何燕看完設計圖，滿意的看著袁善翔，嘴角也露出了笑意。

「袁設計師，真的真的很謝謝你，我沒考量到的地方你都幫我想到了，而且成品的風格跟我想像的差不多，我很期待之後新家裝潢後的樣子。」

袁善翔聽何燕這麼一說，心中的大石總算放下了一半。

「何小姐滿意就好，如果確定沒問題的話，我便安排工班到您府上施工，施工的過程你可以偶爾過來看看，施工期間我也會待在那裡監工，所以不用怕找不到我。」

聽到袁善翔如此拍胸脯的保證，可靠認真的模樣，讓何燕愈是心動，何燕裝作若無其事的翻了翻包包，將房子的鑰匙交給袁善翔。

「那就拜託你了，有空的話我也會過去看看。」

袁善翔接過鑰匙「好的，沒問題。」

過了幾天何燕的新家如期開工，當何燕有空時便會帶幾杯飲料分給師傅和袁善翔，一邊討論著裝潢進度一邊聊著天，兩人的關係越來越近，袁善翔也漸漸地被何燕的個性所吸引，有時大喇喇的什麼都說沒問題，然後事後後悔的逞強性格；亦或是人前自信高傲，人後害怕焦慮的反差；讓袁善翔想起以前小時候也有這種小惡霸，欺負人完之後，才在那想著要怎麼道歉，讓人覺得憐愛。

裝潢進度經過快三個月的工程時間已漸漸完成，趁著收尾階段，何燕帶著奶奶來新家參觀。

「哇……這裡好漂亮呀……小燕，你這裡還做了扶手，真是太貼心了……」

奶奶一邊說著一邊誇獎著孫女，何燕開心的說著。

「這都是袁設計師設計的呢。」

說著便將奶奶帶往袁善翔的身邊，奶奶看著袁善翔笑笑著說。

「真是一表人才呀……結婚了嗎？還單身嗎？我們小燕不錯喔，你要不要考慮一下？呵呵呵……」

「奶奶~你在胡說些什麼，人家結婚有女兒了……袁設計師抱歉，我奶奶真愛說些胡話。」

何燕羞紅著臉解釋著，袁善翔則是看著祖孫倆的好感情笑著說道。

「奶奶，別客氣，這是你們要住的，當然要設計的舒適點才好啊！何小姐她是個不錯的女孩，又很孝順，配我可惜了。」

聽袁善翔這麼說，何燕突然搶話到「才不會哩！袁設計師可靠又負責任，對待孩子又有耐心，配我才可惜了。」

聽到何燕這麼說，袁善翔愣了一下，此時何燕意識到自己的快嘴，瞬間臉紅的別過頭去。

奶奶一看這二個人，開心的呵呵大笑。

「唉……年輕人終究是年輕人，袁設計師若不嫌棄的話，待我們入住後再招待你一頓飯覺得如何？」

面對奶奶的盛情，袁善翔不好意思拒絕順勢接受道「那就恭敬不如從命，謝謝奶奶的招待了。」

過了二週，隨著工程的結束，何燕和奶奶一起搬進了新家，依約邀請了袁善翔和螢螢一同來用餐，奶奶和螢螢一見如故，很快的就玩在一起，袁善翔一邊享用著奶奶親手煮食的餐點，一邊誇讚著，讓奶奶很是高興。

「奶奶好久沒這麼高興了，今天真是謝謝你和螢螢。」用餐完後何燕拿著餐盤慢慢的站起身來收拾，袁善翔也幫忙著，兩人托著餐具緩緩向廚房走近。

「沒什麼，都是螢螢的功勞，逗得老人家開心。」

何燕一邊洗著碗盤，一邊斜眼看著袁善翔，不知是否因為酒精的作祟，讓他滿溢的愛戀無處洩放，他趁在袁善翔專心的擦拭碗盤的同時，輕輕的在他的臉頰上落下一吻。

「我喜歡你……」

脫口而出的愛語，著實讓袁善翔震了一下，看著何燕嫣紅的臉蛋，袁善翔停下手邊的工作，笑笑的看著他不發一語。

兩人間的眼神交流，被一旁的奶奶看進眼底，瞇細著眼開心地抱著螢螢。

「看來……你很快就會有一個新媽媽了~~」

螢螢一聽天真的問道「新媽媽？是誰呀？」

奶奶低著頭笑著對螢螢說「那得由你決定讓誰當你的新媽媽囉！」

螢螢不懂奶奶的話，而奶奶則是望向廚房的倆人，默默期許著，此時拿起一旁的紙和畫筆說道。

「來，螢螢，我們一起來畫幸福的彩虹吧！」

「嗯！」

在螢螢的筆下，媽媽站在彩虹上，而並肩站在彩虹下的是爸爸和誰呢？